dtv

Es ist nicht immer alles so, wie es scheint im gemütlichen Ferienhaus an der schwedischen Schäre, in der idyllischen norwegischen Kleinstadt, auf den beschaulichen Färöerinseln. Ein Möchtegernschriftsteller braucht dringend Inspiration für seinen neuen Krimi und sucht ein Versuchskaninchen, eine leidenschaftliche Internetliebe endet fatal, die betrogene Ehefrau weiß mehr, als sie der von ihr beauftragten Detektivin erzählt, Eltern verschwinden auf mysteriöse Weise ... Neunzehn spannende, anrührende, amüsante Geschichten – zum Teil erstmals ins Deutsche übersetzt – über Liebe und Leid, List und Tücke, Mord und Totschlag im hohen Norden von Gretelise Holm, Unni Lindell, Leena Lehtolainen, Maj Sjöwall, Jorun Thørring und vielen anderen.

Gabriele Haefs ist Übersetzerin aus dem Norwegischen, Dänischen, Schwedischen, Englischen, Niederländischen und Gälischen.
Christel Hildebrandt ist Übersetzerin aus dem Norwegischen, Dänischen und Schwedischen.
Dagmar Mißfeldt ist Übersetzerin aus dem Schwedischen, Norwegischen, Finnischen und Dänischen. Alle drei Herausgeberinnen leben in Hamburg.

Mord unterm Nordlicht

Kriminalerzählungen aus Skandinavien

Herausgegeben von Gabriele Haefs,
Christel Hildebrandt und Dagmar Mißfeldt

Deutscher Taschenbuch Verlag

Ausführliche Informationen über
unsere Autoren und Bücher
finden Sie auf unserer Website
www.dtv.de

Originalausgabe 2013
© 2013 Deutscher Taschenbuch Verlag GmbH & Co. KG,
München
© für die einzelnen Beiträge: siehe Quellenverzeichnis
am Ende des Buches
Umschlagkonzept: Balk & Brumshagen
Umschlaggestaltung: Wildes Blut, Atelier für Gestaltung,
Stephanie Weischer unter Verwendung eines Fotos von
mauritius images/age
Satz: Druckerei C. H. Beck, Nördlingen
Gesetzt aus der Garamond 10/12.
Druck und Bindung: Druckerei C. H. Beck, Nördlingen
Gedruckt auf säurefreiem, chlorfrei gebleichtem Papier
Printed in Germany · ISBN 978-3-423-21430-8

Inhalt

Anne B. Ragde: Eine naheliegende Lösung 7
Toril Brekke: Familienbande 16
Ditte Birkemose/Emma Høgh: Überbringerin
der Wahrheit 25
Kim Småge: Reinlichkeit ist eine Zier 33
Marianne Peltomaa: Schritte auf dem Kies 41
Maj Sjöwall: Das Mädchen, das nicht dünn
sein wollte 52
Guri B. Hagen: Kleiner Sonnenschein 58
Anna Grue: Mutter geht es nicht so gut 65
Sólrún Michelsen: Der blaue Engel 85
Gretelise Holm: Liebe.com 89
Johanna Sinisalo: Hello Kitty 101
Leena Lehtolainen: Frauensache 113
Unni Lindell: Wie ein Blitz aus heiterem
Himmel 127
Marit Nerem: Der Schlüssel zur Lösung 140
Kjersti Scheen: Zum Teufel mit den
Hundstagen 150
Birgitta Stenberg: Ich will dir nichts Böses 164
Helena von Zweigbergk: Mama. Tot. 166
Jorun Thørring: Schwiegermutters Traum 190

Nachwort: Das Morden geht weiter 205
Autorinnen/Quellenverzeichnis 213

Anne B. Ragde

Eine naheliegende Lösung

Er rutschte in seinem Drehsessel unbehaglich hin und her und schaute hasserfüllt aus dem Fenster auf den Weg hinunter. Aber da war nichts zu sehen, nicht einmal ein elender kleiner Spatz, an dem er seine Wut hätte auslassen können, vielleicht mit einer gut gezielten Kippe, oder auch mit fünf. Er ruckte mit gereizten kleinen Bewegungen hin und her, der zierliche Sessel ächzte. Aber der Computer sagte nichts. Der stand nur da und zitterte mit seinem blauweißen Lichtschein, seiner blauweißen Leichenfarbe. Der kleine Pfeil, der zeigte, wie weit er gekommen war, blinkte und blinkte. Immer wieder, wie ein quengelnder Mund: Willst du nicht bald weiterschreiben ... willst du nicht bald weiterschreiben ... weiter weiter weiter, Pelle Hansen!

Die Tür hinter ihm wurde geöffnet. Lisabeths Stimme: »Möchtest du eine Tasse Tee?« Er gab keine Antwort. Wenn sie gefragt hätte, ob er ein Bier wollte, hätte er sich vielleicht zu einem Grunzen herabgelassen. Und Grunzen bedeutete »ja«, das wusste sie. Er wartete darauf, dass die Tür mit einem Klicken zufiel, dass Lisabeth verschwand.

Aber es kam kein Klicken.

»Schreibst du nicht, Pelle? Willst du dann nicht eine Pause machen, mein Lieber, und dich zu mir in den Garten setzen? Weißt du, hinter diesen roten Sträuchern habe ich einen witzigen Springbrunnen gefunden. Vielleicht könnten wir den reparieren und ... Wasser dafür herleiten und ...«

Der Sessel stöhnte, als er sich herumwuchtete. Er konnte sie nicht mit Kippen bewerfen. Aber er konnte brüllen.

»Ich hab dieses scheiß Haus ja wohl nicht gemietet, um an prähistorischen Springbrunnen rumzufummeln! Ich will schreiben. Ich *muss* schreiben? *Kapierst* du das endlich?!«

Sie wich nur zwei Schritte zurück und schloss die Tür. Ihr Gesicht zeigte weder Zorn noch Verstimmung. Sie ließ keinen Laut hören. Nur das Klicken, auf das er eben gewartet hatte. Jetzt kam es. Und der Pfeil blinkte noch immer. Zehntausend Kronen hatte er bezahlt, um dieses Sommerhaus zu mieten. Und diese zehntausend Kronen wollte er in Form von Kriminalgeschichten wieder »hereinschreiben«. Er hatte eigentlich einen Roman geplant, hatte sich das aber nicht sorgfältig genug überlegt, wie sich herausgestellt hatte. Er kam nicht über vierzig, fünfzig Seiten hinaus. Und dann hatte er irgendwie nicht mehr über diese Menschen, diesen Mord, diese Umstände zu berichten.

Er hasste es, streichen zu müssen, konnte es nicht ertragen, neu anzufangen. Er war nämlich kein Schriftsteller, auch wenn er einigermaßen gut schrieb. Und weil er eigentlich kein Schriftsteller war, wusste er nicht, dass alles wieder und wieder umgeschrieben werden muss, bewertet und von anderen gelesen, korrigiert und zurechtgefeilt, bis der Computerbildschirm bleicher und blauweißer wird, als man es für möglich gehalten hätte. Nein, Pelle Hansen wollte es beim ersten Versuch schaffen, er hatte schließlich schon drei Kriminalgeschichten geschrieben. Und angefeuert von der Wirkung dieser Geschichten, die Freunde und Verwandtschaft und die Kollegen in der Beratungsfirma überrascht hatten, hatte er für den Sommer dieses schweineteure Haus gemietet. Jetzt saß er mitten in so einem ersten Versuch und steckte einfach fest. Abermals schaute er aus dem offenen Fenster. Noch immer kein Spatz, den er ein bisschen schikanieren könnte. Aber immerhin war eine Hummel auf dem Weg zu ihm. Sie warf einen Schatten auf seinen Schreibtisch, einen schwarzen Fleck, der sich im Zickzack bewegte. Es scheint der Fleck zu sein, der summt, nicht die Hummel, dachte er und war plötzlich überaus zufrieden mit diesem Gedanken. Doch, genau solche Beobachtungen stellten echte Schriftsteller an. Mit einem zufriedenen Grunzen klatschte er die Hummel in die ewigen Jagdgründe. Die Jagdgründe einer Hummel, das muss ja wohl ein Meer aus Brunnenkresse sein, dachte er dann, abermals zufrieden mit seinen Assoziationen. Das würde schon gut gehen. Aber als er den letzten Abschnitt auf dem Bildschirm las, fielen seine Schultern wieder nach unten. Das ging nicht. Die Handlung war ein unmöglicher Wirrwarr, so komplex, dass sogar er, der große Autor, den Überblick verloren hatte.

Der Kerl wollte seine Frau umbringen. Sie waren im Ferienhaus. Er hatte sie mit Alkohol abgefüllt, war mit ihr auf den kleinen See bei der Hütte hinausgerudert. Dieser See lag natürlich absolut einsam, keine anderen Häuser mit tückischen Zeugen in der Nähe. Hier stieß er sie über Bord und ruderte weg. Das Wasser war sehr seicht, fast eine Pfütze. Ein Weiher. Ja, es war ein Weiher. Aber dennoch tief genug, um zu ertrinken, für eine sturzbesoffene Frau. Alle würden von Selbstmord ausgehen. Den Hintergrund für diesen Selbstmord hatte Pelle Hansen sich nicht sonderlich gut überlegt. Er hatte so wenig Ahnung von Frauen, aber es musste ein Selbstmord sein, das war klar. Und der Mann, also der Mörder, würde im Ferienhaus sitzen, selbst ganz schön angetrunken, und nichts Böses ahnen, als seine Frau einen Spaziergang machen wollte. Das würde er später natürlich dem Lensmann erzählen, nachdem die Frau ans Ufer geschwemmt worden war, und der Mann, also der Mörder, sie auf seinem Rücken ins Dorf getragen und mit hysterischem Schluchzen vom schockierenden Selbstmord seiner Frau erzählt hatte.

Das war ja auch alles schön und gut, aber wie sollte es weitergehen? Was würde den Mörder entlarven? Vielleicht doch irgendwelche Zeugen? Beerenpflückende Wanderer zum Beispiel? Nein, das wäre zu banal. Dann kam ihm die Idee mit dem Schlüssel. Als die Frau und ihr Mann nach dem gemeinen Vorschlag des Mannes aus der Tür torkelten, um auf den See hinauszurudern, hatte die Frau die Tür hinter ihnen abgeschlossen und die Schlüssel in die Tasche gesteckt. Und der Mann hatte es nicht gesehen. Ja, denn die Frau konnte doch nicht wissen, dass sie gleich Selbstmord begehen würde. Auf dem See wurde der Mann von Pelle Hansen abermals zum Mörder gemacht, indem er seine Frau in das kalte Wasser stieß. Mit ihr sanken auch die Schlüssel auf den Grund, um frühestens am nächsten Morgen wieder hochgeschwemmt zu werden, zusammen mit der Frau, falls sie nicht aus ihrer Tasche gefallen waren und auf dem Seeboden lagen. Pelle Hansen ließ den Mann an Land rudern und die Sache mit den Schlüsseln entdecken. Die Haustür war abgeschlossen, du meine Güte. Was sollte er nun dem Lensmann sagen? Dass er eine Bergwanderung gemacht habe? Und zu leerem Haus und ertrunkener Frau heimgekehrt sei? Aber warum hätte die Frau die Tür abschließen sollen, ehe sie Selbstmord beging, wo sie doch wusste, dass der Mann auf einer Bergwanderung war?

Und dann war da noch die Sache mit dem Boot. Auch das stimmte nicht. Wenn die Frau sich ertränken wollte, sturzbesoffen, wenn sie sich über Bord fallen lassen und im Teich des Todes versinken wollte, wer hatte das Boot dann an Land gerudert? Der Leibhaftige selbst?

Pelle Hansen hatte lange darüber nachgedacht. Am Ende ließ er den Mann nur ein winzigkleines Stück von der ertrinkenden Frau wegrudern. Hier sprang er über Bord und schwamm an Land. Die Ruder ließ er neben dem Boot treiben. Und Pelle Hansen beschrieb zudem mit morbider Freude, wie sehr es den Mann anwiderte, in dem Wasser zu schwimmen, in dem seine Frau lag. Dem Wasser, in dem ein Mensch gestorben war.

Während Pelle Hansen den Drang verspürte, kleine Vögel mit Kippen zu bewerfen, saß der Mördersmann am Seeufer, triefnass, mit einer abgeschlossenen Haustür hinter sich, und überlegte, wie zum Teufel er am nächsten Tag seine tote Frau an sich bringen sollte, um sie ins Dorf hinabzutragen, da er doch weder Boot noch Ruder hatte.

Pelle Hansen legte den Kopf in die Hände. Könnte er in das Haus einbrechen? Dann würde er ein Fenster einschlagen müssen. Die Tür war aus massivem Holz. Hatte er denn eine Glasscheibe, um danach das Fenster zu reparieren? Der Lensmann würde den frischen Kitt entdecken. Ja, den würde der Lensmann entdecken. Könnte das die Pointe sein? Oder wäre das zu blöd? So wie das mit den Beerenpflückern? Ja, das wäre es.

Endlich kam ein Spatz den Weg entlangspaziert. Pelle Hansen fischte vier oder fünf Kippen aus dem Aschenbecher und fing an zu werfen. Der Spatz stolzierte unangefochten weiter. Aber eine Stimme rief:

»Pelle! Was soll das denn? Lass doch den Spatz in Ruhe! Herrgott, verlierst du jetzt völlig den Verstand oder was?«

Verdammtes Frauenzimmer, dachte er. Die ist verflixt noch mal keine Dichtersgattin. Weiß sie nicht, dass Dichtersgattinnen bis zum Schlusspunkt Unterstützung leisten müssen, das Talent ihres Mannes schüren, sich mit allen frustrierten und aggressiven Reaktionen abfinden? Nein, das wusste sie offenbar nicht. Aber sie hatte ja auch lange geglaubt, mit einem Finanzberater verheiratet zu sein, nicht mit einem Schriftsteller. Das hatte ja alle überrascht, nicht zuletzt ihn selbst. Und der Mann, der triefnass am Wasser saß, mit einer toten Frau und einer abgeschlossenen Haustür, der musste eben sitzen bleiben. Könnte er neu anfangen? Wäre das möglich? Alles zu löschen und umzuschreiben?

Pelle Hansen starrte aus dem Fenster, auf den Schärengürtel, der im Hitzedunst zu wogen schien, auf die Bäume in dem großen Garten unter ihm, die sich im Wind hin und her wiegten. Es summte und zwitscherte und gluckste. Die Sonne schien auf dieses idyllische Panorama. Der Sesselsitz unter ihm war schweißnass. Alle warteten, wussten, warum sie hergekommen waren, er und Lisabeth, sie saßen zu Hause und warteten darauf, bald allen erzählen zu können, dass sie einen Schriftsteller kannten. »Einen Schriftsteller?« – »Ja! Pelle Hansen, von dem habt ihr doch wohl gehört?«

Verdammt, verdammt, verdammt. Er konnte seinen Kopf nicht mehr hochhalten. Eine Pause? Sich diesen Springbrunnen ansehen? Nein, er würde sich hassen, wenn er jetzt aufgäbe. Also: Triefnass. Abgeschlossene Haustür. Tote Frau. Die Tür hinter ihm ging auf.

»Aber Pelle ... kannst du denn gar keine Pause machen? Siehst du nicht, wie wunderbar das Wetter ist? Wollen wir uns vielleicht ein bisschen Abendessen angeln?«

Bei dem Wort »Abendessen« fiel sein Blick auf den Brunnen. Einen sehr alten Brunnen am Rand des Gartens, bedeckt von einem soliden Holzdeckel. Sie benutzten ihn nicht. Jedenfalls nicht als Brunnen. Eine Pumpe drückte das Grundwasser in die Wasserhähne. Er drehte sich langsam mit dem Sessel um, sah sie an. Sie stand da in gelben Shorts und mit Zöpfchen. In der Hand hielt sie Erdbeeren. Sie streckte sie ihm hin: »Mal probieren?«

Sie gingen zusammen die Treppe hinunter. Er schaltete den Rechner nicht aus.

Der Springbrunnen, über den sie geplappert hatte, war rostbraun. Die winzigkleine Skulptur eines Knaben stand auf dem Beckenrand. Offenbar sollte dieser kleine Knabe ins Wasser pissen. Er hatte Ähnlichkeit mit Amor. Ein winziger Knabenmann, mit einem noch viel winzigeren Penis, den er in seiner Hand versteckte. Er lachte rostig, mit weißen Lippen.

»Woher sollen wir denn Wasser für den Springbrunnen nehmen, Lisabeth? Ach ja, jetzt weiß ich, vielleicht aus dem Brunnen? Wir sehen gleich mal nach, ja ...«

Die gelben Shorts leuchteten vor dem Gras, das sie umgab, leuchteten wie Butterblumen, die unter ein braunes Kinn gehalten werden. Die raue Betonkante schrammte ihr ein Knie auf, als er sie hinunterdrückte. Recherchen. So nannte man das. Alle Schriftsteller recherchierten. Das musste man, um festzustellen, ob die Story überhaupt glaubwürdig war. Es war schwer, den Deckel zurückzuschieben, aber der dämpfte ihr Geschrei. Das wollte er nicht hören, so wenig wie er im selben Wasser schwimmen wollte wie sie.

Noch immer mit dem Geschmack der Erdbeeren im Mund lief er zu seinem Computer hoch. Der Pfeil zwinkerte ihm zu, jetzt frohgemut. Er löschte den Text bis zurück zu Seite 2, wo sie eben im Ferienhaus eingetroffen sind. Ach, glückselige Freude. Nun brauchte er nicht mehr zu erklären, warum diese blöde quengelnde Person unbedingt Selbstmord begehen wollte, denn es war jetzt ein Unfall. Sie wollte nur ein wenig Wasser aus dem Brunnen holen, und damit, wupp, finito. Exit Gattin. Pelle Hansen schrieb, dass die Tasten nur so klapperten. Er summte beim Schreiben. Der Mann trank im Haus einen dunklen Whisky, während er darauf wartete, dass der Todeskampf seiner Frau im Brunnen abebbte. Es war ein ungewöhnlich tiefer und guter Brunnen, den sie da bei ihrem Ferienhaus hatten.

Doch dann erstarrte Pelle Hansen. Der Mann musste doch vom Lensmann entlarvt werden. Sonst wäre es keine Kriminalgeschichte. Sondern ein regelrechter Mord. Und daraus wurde lyrische und tragische Belletristik, aber kein Krimi.

Pelle Hansen hörte ein Kratzen und beugte sich aus dem Fenster. Es klang wie ein Brunnendeckel, der zur Seite geschoben wird. Ein Fremder bückte sich im Garten über den Brunnen, schaute hinein, rief. Der Mann trug ein Fischnetz über der Schulter und neben ihm lagen zwei Ruder.

»Ich dachte, ich hätte Rufe gehört, haben Sie sich verletzt, o Herrgott ... Moment mal, ich werfe Ihnen das Fischnetz runter ... ganz ruhig jetzt ...«

Pelle Hansen hörte Lisabeths dumpfes Geheul und ließ sich in den Drehsessel sinken. Natürlich. Der Mann auf dem Bildschirm hatte das mit dem Deckel vergessen; als er später den Lensmann holte und dabei half, die tote Gattin aus dem Brunnen zu fischen, versprach er sich. Sagte so ungefähr: »Und ich hätte fast einen Schock erlitten, als ich den Deckel wegnahm und Bente/Annie/Else da unten entdeckte! Ich hatte sie doch schon seit Stunden gesucht ... ich konnte doch nicht ahnen, dass sie dort war ... ach, die arme Bente/Else/Annie ...«

»Verzeihung, aber haben Sie gesagt, Sie hätten den Deckel *weggenommen*?«, würde der Lensmann erwidern, und damit wäre der Mörder gefangen, in einem Fischnetz aus eigenen Lügen, da Frauen, die in Brunnen fallen, nur selten daran denken, den Deckel hinter sich zuzuziehen.

Pelle Hansen seufzte zufrieden. Jetzt war die Sache geritzt. Jetzt konnte er sich eine Pause mit Bier und Walderdbeeren gönnen. Und jetzt hatte Lisabeth sich wohl ein gutes Bild von dem Brunnen machen können, ob es möglich wäre, das Wasser von dort zu Amor auf dem Springbrunnen zu leiten. Er hörte sie unten im Garten weinen. Sie war immerhin gesund und auf den Beinen. Und damit, dass er ein bisschen recherchierte, musste sie sich eben abfinden.

Er war schließlich Schriftsteller, zum Henker!

Toril Brekke

Familienbande

Das Ganze fing mit Tommy Tomsens Rückkehr an. Alle wussten, wer er war, in all den Jahren hatte die Lokalzeitung über ihn berichtet. Viele erinnerten sich außerdem noch an ihn als jungen Schlittschuhläufer, der schon damals ein Sieger gewesen war. Dann hatte er sich in die Hauptstadt und später in die USA abgesetzt. Für Tommy Tomsen hatte es nur Eishockey gegeben. Drüben war er zum Star geworden.

Er war noch immer ein Star, als er überraschend in seiner Heimatstadt auftauchte und wieder dort wohnen wollte. Heimweh, sagte er. Sehnsucht nach alten Freunden. Und wegen seiner Mutter, die seit dem Vorjahr verwitwet war.

Sie nahmen ihm das ab. Niemand fragte nach seiner amerikanischen Freundin und der kleinen Tochter. Die, die ein wenig mehr nachdachten als andere, tippten auf Streit und Untreue. So war das doch, nicht wahr, die Stars konnten einfach zugreifen. Und da war sie wohl sauer geworden. Aber auch in Norwegen gab es ja nette Mädchen.

Nur – was wollte er hier zu Hause machen?

Er wolle Hockey spielen.

Aber die Lokalmannschaft spiele doch in einer der unteren Ligen.

Dann werde er die eben hochbringen!

Der Jubel unter allen Interessierten wollte kein Ende

nehmen. Die Fangemeinde wuchs, als die Siege sich häuften. Tommy Tomsen war in der untersten Liga wie eine ganze Mannschaft, er dribbelte und schoss, und er traf.

Das Spielfeld war eine blanke Eisfläche unter freiem Himmel. Die Tribünen bestanden aus morschen Bänken. Im Kiosk gab es nur Würstchen und Limo und Kaffee, und der Verkäufer war noch derselbe wie in Tommys Kinderjahren, ein Typ, der es weder mit der Hygiene noch mit dem Wechselgeld allzu genau nahm.

Das ging einfach nicht. Vor allem, als sie nach einigen Jahren die zweite Liga erreicht hatten. Nun folgten den gegnerischen Mannschaften Busladungen von Gästen, die Bänke waren kurz vor dem Zusammenbruch.

Und die Sportinteressierten in der Stadt fingen an zu träumen. Sie wollten eine neue Hockeybahn. Und die sollte überdacht sein. Eine ganze Eishalle wollten sie haben, mit modernen Maschinen, die bei jedem Wetter für gutes Eis sorgten, mit eleganten Tribünen und einer VIP-Lounge, wo bevorzugte Gäste kaltes Bier trinken könnten. Der Würstchenmann sollte verschwinden, sie wollten eine Snackbar mit Hamburgern und Steaks und mit einer richtigen Speisekarte an der Wand. Jawohl.

Sie hielten Ausschau nach dem geeigneten Bauplatz. Bald meldete sich ein Grundstücksbesitzer, dann noch zwei, die gern Bauland beisteuern wollten. Nicht gratis, aber doch ein wenig billiger, als sie sich das vielleicht vorgestellt hatten. Schön gedacht, ihr Boden war noch nicht weiter erschlossen, öffentliche Maßnahmen waren erwünscht.

In diesem Jahr gab es Lokalwahlen. Tommy Tomsens alter Schulkamerad Kai Skrøt landete plötzlich ganz oben auf der Liste seiner Partei. Der Vorsitzende des Hockeyvereins gehörte derselben Partei an, und natürlich gab es Gerede, als Kai Skrøt für den Fall seiner Wahl die Eishalle versprach. Die Stadt hatte noch nie einen so jungen Bürgermeister gehabt. Aber Kai war ein stattlicher junger Mann, die Amtskette würde sich auf seiner Brust sehr gut machen. Er wurde mit überwältigender Mehrheit gewählt. Und bald wurden die Arbeiten an der Halle aufgenommen.

Drei Jahre später wusste niemand so recht, was schiefgegangen war. Die notwendigen Erschließungsmaßnahmen waren durchgeführt worden, ein Grundstücksbesitzer war für den Baugrund bezahlt worden, eine Stiftung mit Vertretern von Sponsoren, Gemeinde und Sportlobby war gegründet worden und die Halle hätte längst fertig sein müssen. Aber das war sie nicht. Und alle Budgets waren weit überzogen.

Die Eishockeymannschaft war außerdem in die erste Liga aufgestiegen, und da mussten dringend bessere Lokalitäten her. Für die Zeit bis zur Fertigstellung der Halle hatten sie allerdings eine Lösung gefunden: Sie trugen ihre Heimspiele in einer Nachbarstadt aus.

Aber sie siegten nicht mehr. Sie verloren und pöbelten sich gegenseitig an, so, wie die Gemeindevertreter die Sponsoren und die Stiftungsleitung anpöbelten. Die ganze Stadt schien aus dem Gleichgewicht geraten zu sein.

Der Einzige, der seine gute Laune behielt, war der jüngere Bruder des Bürgermeisters. Er hatte das Down-Syndrom. Er war zum Maskottchen der Hockeymannschaft geworden und Tommy Tomsens Laufbursche. Mingo nannten sie ihn und er hatte seinen festen Platz vorn im Bus. Dort saß er, mit dem Logo der Mannschaft auf der Schirmmütze, und ganz nach Bedarf ermunterte er die Spieler oder tröstete sie.

»Halt jetzt die Fresse, Mingo«, sagte manchmal einer. Aber eigentlich waren sie nie böse auf ihn oder unfreundlich.

Eine neue Gemeindewahl rückte näher. Mingos großer Bruder wurde vom Wahlausschuss seiner Partei gefragt, ob er weitermachen wollte.

Kai Skrøt wusste es nicht. Es gab für seinen Geschmack viel zu viele Versammlungen. Viel zu viele Angelegenheiten. Viel zu viele Rechenaufgaben und Zahlen. Außerdem waren viele böse auf ihn. Fast täglich wurden Leserbriefe in der Zeitung gedruckt, die ihm vorwarfen, seinen Freunden zu helfen und auf die anderen zu pfeifen. Da war der Grundstückskauf für die Eishalle. Und es gab zwei weitere Geschäfte dieser Art, da sie ein neues Kino und eine Grundschule bauen wollten, außerdem noch ein Stück Straße und eine Brücke.

Und die Eishalle war ein Reinfall geworden.

Wie konnte er an ein Kino denken, wenn die Halle noch immer erst halb fertig war, erbosten sich die Opposition und die Querulanten der Stadt. Außerdem hatte der Bürgermeister öffentlich eine Gruppe unterstützt, die ein neues Einkaufszentrum wollte. Die Naturschützer wüteten dagegen. Erst kürzlich hatten sie sich an Bäume angekettet, die gefällt werden sollten. Hinter den lokalen Einkaufszentrums-Lobbyisten steckten Interessenten aus der Hauptstadt, Leute mit Geld. Sie lobten Kai und nannten ihn einen Mann der Zukunft, wenn sie zu Besuch kamen und nach den Besprechungen mit ihm speisten.

Ab und zu hatten sie Geschenke für ihn, Whisky und Cognac zum Beispiel, aber die brachte der Bürgermeister dann immer ins Rathaus – wo sie unter den Angestellten verlost wurden. Denn dass hatte er gelernt: Ein Bürgermeister darf niemals etwas annehmen, das nach Bestechung aussehen kann.

Im Schatten des Eishockeys war in der kleinen Stadt ein Curlingclub gegründet worden. Die norwegische Nationalmannschaft war durch gutes Spiel und karierte Clownshosen weltberühmt geworden. Das hatte Interesse an dieser Sportart geweckt. Und die Stiftung für die Eishalle war bereit, auch der Curlingmannschaft einen Platz unter dem neuen Dach zu gewähren.

Während sie darauf warteten, spielten sie in der östlichen Nachbargemeinde, die in Schweden lag. Jeden Mittwoch füllten sie zwei Autos mit Spielern und Ausrüstung und fuhren los, spielten gegen die Schweden und brachten billigen Tabak und Cola mit zurück.

»Willst du mitkommen«, fragten sie Mingo, den kleinen Bruder des Bürgermeisters.

»Na, komm schon«, sagte Tommy Tomsen.

Er wollte ebenfalls eines Tages mit zu einem Spiel fahren, er hatte sich auf der schwedischen Seite eine Freundin zugelegt.

Tommy und Mingo wurden vom Curlingbazillus erfasst. Bald gehörte Tommy der Mannschaft an, und Mingo war ihr Maskottchen. Während einiger Wintermonate waren sie doppelt engagiert, der Star und das

Maskottchen. Aber die Eishockeymannschaft war im Abstieg begriffen, während die andere sich stark und stolz erhob.

Bald konnte die Lokalzeitschrift mitteilen, dass Tommy am Ende der Spielzeit den Hockeyschläger an den Nagel hängen wolle, er habe Verletzungen davongetragen, hieß es.

Und die Opposition verspottete den Bürgermeister, weil der auf das falsche Pferd gesetzt hatte.

Bald darauf wurde bekannt gegeben, dass die Eishalle nun doch vollendet werden sollte. Mithilfe frischer Sponsorengelder konnten die Arbeiten weitergehen.

Ob Tommy sich die Sache nun anders überlegen würde?

»Doch, schon«, versprach er. Vielleicht könnte er Trainer werden, wenn die Halle erst fertig wäre, und sich um Kinder und Jugendliche kümmern.

Bis dahin wolle er sich der Liebe und dem Curling widmen, sagte er lächelnd in den Zeitungen.

Und er hatte in die Gesellschaft investiert, die das Einkaufszentrum bauen wollte.

»Soll ich weitermachen?«, fragte der Bürgermeister auf seiner Facebook-Seite.

Er schrieb viel im Netz. Über die Qual der Wahl. Darüber, dass er Single war und Bier liebte. Und er bekam Antworten. Manche meinten, er solle sich die viele verärgerte Kritik nicht zu Herzen nehmen. Er sei ein guter Bursche, schrieben sie. »Du bist einer von uns«, schrieben sie. »Es ist ein Menschenrecht, sich auch mal zu irren.«

»Wo gehst du gern hin, wenn du ausgehst, Kai?«, fragten Singlefrauen.

»Ins Krambua«, antwortete er. »Da gibt es das beste Bier. Und freitags die beste Musik.«

»Jetzt bin ich nicht mehr Single«, konnte er gleich nach Weihnachten mitteilen.

»Glückwunsch«, war die Antwort. »Ist sie eine tolle Frau?«

»Ja. Haha.« ☺

Aber jemand legte eine kleine Bombe in seinen Briefkasten. Und als er eines Abends von einer Besprechung kam, hing an seiner Tür eine tote Ratte.

»Du solltest mal ausspannen«, sagte sein Freund Tommy.

Also fuhren sie für eine Woche möglichst weit weg, ans Mittelmeer, Tommy und Kai samt Freundinnen, und Mingo.

Kai Skrøt erstattete keine Anzeige wegen der Schikanen. Er erwähnte sie nur drei Parteigenossen gegenüber. Trotzdem wussten es alle, als er wieder zu Hause war. »Ja, verdammt«, schrieben sie ihm im Netz. »Eine tote Ratte? Lass dich nicht fertigmachen! Mach noch eine Amtszeit.«

»Ja«, sagte er zum Wahlausschuss.

Aber er hatte Angst.

»Hab keine Angst«, sagte Mingo und versetzte seinem Bruder einen Rippenstoß, ehe er mit dem Curlingverein nach Strömstad fuhr. »Tommy und ich passen auf dich auf.«

Das war das Letzte, was Mingo zu ihm sagte. Denn am nächsten Tag war der kleine Bruder tot.

Es war nicht zu fassen. Er war einfach zu Hause bei seiner Mutter eingeschlafen. Der kleine Mingo. Immer so fröhlich. Die Lokalzeitung füllte ganze Seiten mit freundlichen Worten. Hunderte sprachen dem Bürgermeister ihr Beileid aus.

Aber war Mingo tatsächlich eines natürlichen Todes gestorben? Oder konnte jemand wirklich so böse sein, dass er einen Mord beging, um Kai Skrøt fertigzumachen?

Frühling und Sommer wurden traurig. Kai trennte sich von seiner Freundin. Wenn er nicht bei der Arbeit war, saß er allein mit einer Angel da.

Aber er gewann die Wahl.

Und das neue Einkaufszentrum wurde groß und prachtvoll, mit einer langen Hauptachse unter einem Glasdach, mit Bänken und Springbrunnen und Bäumen in schönen Kübeln. Es gab Läden mit Markenwaren, die in der kleinen Stadt noch nie verkauft worden waren. Und es gab eine Sushibar und ein indisches Restaurant, McDonalds und PizzaHut.

Die Menschen in der Stadt schienen zufrieden zu sein. Sogar die Grundbesitzer, die so unzufrieden gewesen waren, konnten besänftigt werden, denn neue Wohnsiedlungen wurden dort geplant, wo sie Boden besaßen. Die Eishalle war fertiggestellt und Tommy war der spielende Trainer der Mannschaft. Am einen Ende der Halle gab es außerdem Curlingbahnen, und an der gegenüberliegenden Seite war ein gemütliches Café eingerichtet worden. Die kleine Stadt hatte Harmonie und Ruhe wiedergefunden. Und Mingo war fast vergessen.

Erst als seine Mutter starb, sprachen sie wieder über ihn. Denn als der Bürgermeister sein Elternhaus ausräumen wollte, wurde ein roter Curlingstein gefunden. Er musste Mingo gehört haben. Aber hatte Mingo denn gespielt? Hatte er nicht nur für die anderen die Ausrüstung getragen?

Kai Skrøt hatte selbst nie Curling gespielt, aber er glaubte nicht, dass die Steine mit Talkum behandelt werden mussten, wie Turner das zum Beispiel machen, wenn sie sich die Hände mit dem weißen Puder einreiben, um die Geräte besser fassen zu können. Die neue Freundin des Bürgermeisters erriet, was das für ein Pulver war. Es war Heroin. Im Stein gab es einen Hohlraum mit Resten dieses weißen Stoffes.

»Was glaubst du denn, wie wir die Halle sonst hätten bezahlen sollen!«, sagte Tommy Tomsen zu Kai.

»Sponsoren!«, spottete der alte Hockeystar. »Du hast ja nie gefragt, was das für Sponsoren waren.«

»Aber war das … Mingo?«

»Niemand hätte doch unser Maskottchen kontrolliert! Er hatte den Stein auf dem Schoß liegen. Er hat die Zöllner angelächelt!«

»Aber wenn sie Hunde gehabt hätten!«

»Bei diesem Grenzübergang sind nie Hunde. Da steht doch nur ein Schuppen. Da ist fast nie jemand. Und wenn mal Zollbeamte da sind, haben sie nie Hunde bei sich. Ich habe jedenfalls nie welche gesehen.«

Außerdem arbeitete Tommys Vetter als Zollbeamter, fiel Kai jetzt ein.

Tommy verschwand, mit dem Stein in einer Tüte. Er wollte ihn ins Meer werfen. Und der Bürgermeister musste sich umziehen, er musste mit der Leitung des Einkaufszentrums zu Abend essen.

Ditte Birkemose / Emma Høgh

Überbringerin der Wahrheit

Mein Blick hing an ihren Lippen. Sie hatte sie tief weinrot geschminkt und das stand im scharfen Kontrast zu ihrer blassen, fast milchweißen Haut. Inge Sørensen, 43 Jahre, Arzthelferin, dauerhaft krankgeschrieben wegen Rückenproblemen, wohnhaft Milanovej, Amager. Seit acht Jahren verheiratet mit Thomas Gren Sørensen, Ehe kinderlos.

Ein gequältes Lächeln kräuselte ihre Lippen, ging in einer Grimasse auf und hinterließ den Mund wie eine offene Wunde im Gesicht.

War er gewalttätig? Der Gedanke war mir schon früher gekommen, aber ich wusste es nicht. Hatte nur meine bangen Befürchtungen.

Die Worte strömten wie ein gleichmäßiger Fluss aus ihr heraus. Ich pustete auf den Kaffee in meiner Tasse und hörte zu. Sie schien verändert. Nicht gerade gefasst, aber trotzdem anders.

»Was für ein Sauwetter«, sie warf einen Blick aus dem Fenster, wo die Landschaft weiß erstarrt dalag, »da glaubt man gerade, es wird Frühling, dann kommt der Winter wieder zurück. Ich habe den ganzen Morgen Schnee geschippt, und es ist bitterkalt.« Sie hielt mir die Schale mit Keksen hin. »Ist dir aufgefallen, dass man in vielen Städten kein Salz mehr streut? Ich begreife gar nicht warum, du vielleicht?«

»Nee«, ein bisschen irritiert schüttelte ich den Kopf.

Am Vorabend hatte ich ihr eine SMS geschickt, in der ich ihr mitteilte, dass ich die Bilder hatte. Fünf Minuten später rief sie zurück. Wie immer war sie im Badezimmer, und wie immer hatte sie Angst, er könnte das Gespräch hören.

»Thomas fährt um sieben zur Arbeit«, hatte sie geflüstert, »du kannst also im Lauf des Vormittags kommen ...«

Jetzt lagen vor ihr auf dem Tisch die Bilder wie der alles entscheidende Beweis, dass sie mit ihrem Misstrauen recht gehabt hatte. Doch noch hatte sie die Fotos nicht eines Blickes gewürdigt. Hatte sie Angst, der Wahrheit ins Auge zu sehen? Ihre Hände flatterten wie nervöse Vögel in der Luft, und ich hätte sie gern gepackt und festgehalten. Sie schüttelte ihr Haar und zog ihre Bluse zurecht. Sie fegte ein paar Krümel in den Aschenbecher, zog abermals die Bluse zurecht und lehnte sich schließlich im Sessel zurück. Dann holte sie tief Luft und endlich kamen ihre Hände auf ihrem Schoß zur Ruhe.

Keine sagte ein Wort. Ich lauschte der Stille und wartete.

»Es war Frühling. Das Hotel lag auf dem Montmartre, und ich saß davor an einem Tisch ...«, sie schwieg und wickelte eine Haarsträhne um den Zeigefinger. »Dann stand er plötzlich vor mir, ich hatte ihn nicht kommen sehen. Das war merkwürdig. Beinahe als hätte ich ihn gekannt. Ihm ging es auch so ...«, leise und mit verträumten Augen erinnerte sie sich, wie sie sich damals im Urlaub in Paris kennengelernt hatten.

Liebe auf den ersten Blick, dachte ich müde. Ich

suchte in der Tasche nach meinem Feuerzeug und zündete mir eine Vormittagszigarette an.

Das war vor einer Woche, sie rief mich an, und sie war am Rande des Nervenzusammenbruchs. Hatte anscheinend den Kontakt zur Wirklichkeit verloren und wusste weder aus noch ein.

»Er hat eine andere, da bin ich mir sicher. Er belügt mich. Die ganze Zeit. Ich kann das spüren...«, zwischendurch ging ihre Stimme im Lärm der Kaffeemaschine unter. Sie hatte vorgeschlagen, uns in einem Café zu treffen. »Mein Mantel ist schwarz, und ich trage eine Baskenmütze und ein blaues Tuch, daran kannst du mich erkennen«, hatte sie gesagt. Und so war es auch. Von der Sekunde an, in der ich das Café betrat, wusste ich, wer sie war. Sie stand an der Theke, klein, zierlich und verloren in dem viel zu großen Mantel.

»Kit Sorel?«, sie schaute mich unsicher an, »Privatdetektivin?«

Ich nickte und reichte ihr die Hand.

Wir bestellten Cappuccino, balancierten die Tassen zu einem Tisch ganz hinten und setzten uns. Um die angespannte Atmosphäre aufzulockern, redete ich über dies und das, und langsam taute sie auf.

Sie war unglücklich, und der Fall war banal. Nachdem ich ihr eine Viertelstunde zugehört hatte, hatte ich keine Zweifel mehr. Sie hatte wahrscheinlich recht, der Mann war ihr untreu. Alle Beobachtungen, die sie gemacht hatte, deuteten darauf hin. Und in Fällen, bei denen es um Untreue ging, war es eher die Regel als die Ausnahme, dass die Klientin bereits vor einem Treffen mit mir so viele mehr oder minder zufällige Beweise gesammelt hatte, dass die Wahrheit rasch auf der Hand liegen würde. Trotzdem weigerten sich die meisten, das zu glauben, und wenn sie sich an mich wendeten, war das im Grunde genommen der verzweifelte Versuch, den Verdacht zu entkräften. Außerdem hatte ich noch nie erlebt, dass mein Einsatz es vermochte hätte, die Idylle wiederherzustellen.

Nachdem ich die nötigen Angaben samt einem Foto von Thomas Gren Sørensen erhalten hatte, trennten wir uns, und ich versprach, mich bei ihr zu melden, sobald ich etwas Neues wusste.

Zwanzig Minuten später rief sie an und sagte das Ganze ab. Ich hielt bei Rot an der Ampel auf Kongens Nytorv.

»Es tut mir leid, und entschuldige vielmals, aber ...«, sie schwieg einen Augenblick, »du kannst das Geld einfach behalten.«

»Selbstverständlich nicht«, sagte ich und bestand darauf, zu ihr nach Hause zu fahren und sofort abzurechnen. Unsicher stimmte sie zu. *Fuck*, dachte ich wütend und nahm Kurs auf Amager. Als ich ankam, hatte sie ihre Meinung aber erneut geändert, und ich war wieder im Geschäft.

»Er darf auf keinen Fall etwas davon mitkriegen«, sagte sie.

»Du kannst ganz beruhigt sein, das wird er nicht. Aber irgendwann wirst du gezwungen sein ...«

Das Telefon im Wohnzimmer klingelte und sie zuckte zusammen. »Das ist er«, sie schielte nervös auf die Uhr, »du musst jetzt fahren.«

Unsere Blicke trafen sich. Und mir war klar, dass sie nicht nur Angst vor ihrem Mann hatte. Sie war fassungslos.

Ich hatte das Foto von Thomas Gren Sørensen genau studiert, war aber trotzdem überrascht, als ich ihn sah. Das geschah an einem Dienstagnachmittag. Ich beobachtete das Juweliergeschäft, in dem er als Verkäufer arbeitete. Es war kurz nach fünf Uhr, als sich die Ladentür öffnete und er in einem grauen Anzug und mit einer Mappe unter dem Arm auf den Gehweg trat. Ich staunte nicht schlecht. Ich hatte ihn mir größer und breiter vorgestellt. Maskuliner. Aber in Wahrheit war er eine halbe Portion. Ich folgte ihm in gebührendem Abstand und konnte mir ein Lächeln nicht verkneifen. Der Gedanke, dass dieses Männlein mit dem energischen Schritt eine leidenschaftliche Affäre haben sollte, war beinahe komisch.

Nichtsdestotrotz stellte sich nach kurzer Zeit heraus, dass Inge recht hatte. Ich hatte ihn nur ein paar Tage observiert, als die Geliebte zum ersten Mal die Bühne des Geschehens betrat, und die Wahrheit war so wenig zu übersehen wie blinkende Leuchtreklame.

Sie war keine Femme fatale. Eher der Typ Big-Mama. Einen halben Kopf größer als er, mollig, mit kurzen blonden Haaren und Brille. Sie war zärtlich zu ihm und offenkundig sehr verliebt in ihren schmächtigen Anbeter. Und ich war vor Ort. Es war alles andere als ein großes Problem, etliche aufschlussreiche Fotos von den beiden Turteltauben zu machen.

»Thomas hat mir beigebracht, wie man Austern isst.« Inge hing auch jetzt noch ihren Erinnerungen nach, und die Bilder lagen unberührt vor ihr auf dem Tisch. »Das war in einem Restaurant in der Rue des Abesses ... Wir tranken Champagner und er sagte, ich sei schön«, sie lächelte betrübt. »Ich bin nie besonders hübsch gewesen, aber ...«. Sie schwieg kurz. »Trotzdem brachte er mich dazu, es zu glauben«, flüsterte sie, und Tränen kullerten ihr die Wangen hinunter.

Ich legte meine Hand auf ihre.

»Es ist seltsam«, ihre Lippen zitterten, »ich habe die ganze Zeit gewusst, dass er mich eines Tages satthaben wird. Kennst du das?«

Ich schwieg. »Ja«, sagte ich schließlich leise, »aber du darfst eins nicht vergessen: Das, was du heute verlierst, das verliert er morgen. Denn verlieren werden wir alle, egal was ... Auf die eine oder die andere Art.«

Sie streckte die Hand nach der Rolle Küchenpapier aus. »Vielleicht. Aber das hilft mir jetzt nicht, oder?« Sie putzte sich die Nase.

»Natürlich nicht«, murmelte ich. Die Tränen rannen ihr weiter über die Wangen. Und ich hätte sie gern getröstet, hatte aber keine Ahnung, was ich hätte sagen sollen.

»Hast du jemanden, mit dem du sprechen kannst? Jemanden aus der Familie oder eine gute Freundin?«, fragte ich schließlich.

Sie schüttelte den Kopf und wir saßen einen Augenblick still da.

»Hast du dir überlegt, was du machen willst?«

Sie zuckte die Schultern.

»Du musst ihm ja nichts sagen«, meinte ich sanft, »vielleicht verläuft es von allein im Sande.«

Sie antwortete immer noch nicht.

Ich schielte auf die Fotos und trank meinen Kaffee aus. »Wann kommt er nach Hause?«

»Nach Hause?«

»Ja. Wann rechnest du mit ihm hier zu Hause?«

Ihr Blick traf mich. »Er ist schon hier.«

Ich starrte sie an. »Wo?«, fragte ich verständnislos.

Sie befingerte das Armband ihrer Uhr. »Im Schlafzimmer«, antwortete sie, ohne den Kopf zu heben.

Alle Kraft und jeder Gedanke sickerten mir aus dem Körper. Langsam erhob ich mich und ging in den Flur.

Das Erste, was ich sah, war der Hammer, der auf dem Fußboden neben dem Bett lag. Ich hob den Blick. Ein unförmiger Klumpen aus Fleisch, Blut und verklebten Haaren breitete sich auf dem Kopfkissen aus. Er war unkenntlich. Ich holte tief Luft, bezwang den Brechreiz, der mich überkam.

Sie saß noch immer am Tisch. Einen Augenblick blieb ich in der Tür stehen und betrachtete sie. Ich war es, die die Bilder gemacht hatte. Ich war es, die ihr den Beweis geliefert hatte.

Sie hob den Kopf. »Ich musste es tun ... Das verstehst du doch, oder?«

»Ich möchte dich was fragen«, flüsterte ich heiser.

»Ja?«

»War er gewalttätig?«

Sie verbarg das Gesicht in den Händen, wiegte sich vor und zurück.

Ich nickte. Mit einem Seufzer griff ich nach dem Mobiltelefon und rief die Polizei an.

Ich blieb bei ihr und wartete. Keine sagte etwas. Irgendwann streckte sie die Hand nach meinen Zigaretten aus und schaute mich fragend an.

»Nimm nur«, ich schob ihr die Packung hin.

Sie zündete sich eine Zigarette an, inhalierte und hustete.

Die Minuten waren lang. Dann klingelte es an der Tür, und sie zuckte zusammen.

Sie ging zwischen den beiden Beamten den Gehweg hinunter. »Warte ...«, sie machte eine Bewegung.

Ich blieb stehen.

»Ich musste es tun«, wiederholte sie und schaute mich ernst an.

Ich öffnete den Mund, schloss ihn wieder und schluckte etwas Speichel hinunter. Ihr Blick wich nicht von meinem Gesicht. Vor wenigen Minuten hatte ich der Polizei angedeutet, Thomas Gren Sørensen sei gewalttätig gewesen, aber in Wirklichkeit hatte ich keine Ahnung.

»Danke für die Hilfe«, flüsterte sie leise.

Ich erstarrte.

Dann drehte sie sich um und ging weiter zum Polizeifahrzeug.

Kim Småge

Reinlichkeit ist eine Zier

Immer, wenn mein Mann springt, denke ich: Jetzt passiert es. Jetzt rutscht er aus. Jetzt wird sein Hinterkopf auf den pastellfarbenen harten Fliesen zehn Meter weiter unten zerschmettert. Aber es passiert nicht. Mein Mann ist ein überaus guter Springer. Seine Medaillen aus jüngeren Jahren bedecken im Wohnzimmer eine ganze Wand. Die Bewegungen beherrscht er noch immer. Und die Technik. Dazu diese manische Lust, ein Publikum zu haben. Ein großes applaudierendes Publikum. Wir sind ihm zu wenig, meine Tochter, mein Sohn und ich.

Mein Leben findet deshalb in heftiger Geselligkeit statt. Abgesehen vom Winter natürlich. Zu einem ewigwährenden Fest von Frühling bis Herbst sitzen wir nicht im Kaminzimmer oder im Sommerhaus wie andere. Unsere Feste finden am Schwimmbecken statt. An dem großen tiefen Becken, das er mitten im Garten angelegt hat. Zuerst hat er den schönen Rasen ruiniert, dann hat er ein drei Meter hohes Sprungbrett angebracht. Im nächsten Sommer folgte ein fünf Meter hohes. Und im vergangenen Jahr hat er ein grauenhaftes Monstrum von einem zehn Meter hohen Sprungturm errichtet.

Ich glaube nicht, dass zehn Meter hohe Türme in privaten Gärten erlaubt sind. Zu kaufen gibt es sie jedenfalls nicht. Mein Mann hat den Turm selbst berechnet, entworfen und konstruiert. Und die Teile in einer kleinen Werkstatt herstellen lassen. Es ist ein Monstrum. Es verschandelt unseren schönen Garten. Ich habe heftig widersprochen. Aber was hilft das schon? Mein Mann macht, was er will, baut seinen zehn Meter hohen Sprungturm und lädt einen Haufen Freunde ein. Seine Freunde. Nicht meine. Eine Menge erfolgreicher Leute, die lässig in unseren Gartensesseln liegen, die aus unseren hohen Gläsern Campari und Soda trinken, Menschen, die von Erfolg und Mittelmeerfarbe geradezu leuchten. Oder vom Solarium. Und alle bewundern sie meinen Mann. Er ist immer derjenige, der das Fest eröffnet. Auf seinem zehn Meter hohen Sprungbrett heißt er die Gäste willkommen, hält eine widerliche Rede über Geschmeidigkeit der Jugend, Erfolg und schöne Frauen.

Und dann springt er. Oder vielleicht heißt das schon tauchen. Er durchschlägt den Wasserspiegel und taucht siegesstolz wieder auf. Alle applaudieren. Die Frauen stehen bereit und wollen ihn hochziehen – mit langen gebräunten Armen und festen Gliedern. Er lächelt sie an. Zieht sich hoch – lässt sich umschwärmen. Erst jetzt können die anderen Männer das Zehn-Meter-Brett besteigen. Übrigens trauen sich nicht alle.

Mein Mann springt jeden Abend nur einmal, er springt nie, wenn er getrunken hat. Und niemand darf nach zwei Gläsern auf das Fünf- oder Zehnmeterbrett klettern. Da ist er sehr streng. Die Tochter ist wie ihr Vater. Sie klettert immer höher. Aber sie lernt das Springen nicht von meinem Mann, es muss der Schwimmlehrer sein. Mein Mann hat keine Lust, mit ihr zu trainieren, oder zuzusehen, wenn sie ihre Kunststücke vorführt. Ich habe jetzt keine Angst mehr, wenn sie sich kopfüber ins

Wasser stürzt. Sie ist robust, sie kommt zurecht. Niemand setzt sie unter Druck, für sie ist das ein Spiel.

Bei dem Jungen sieht es schlimmer aus. Er kommt nach mir, mag kein Wasser, und Höhe mag er schon gar nicht. Habe ich schon erwähnt, dass ich Höhenangst habe? Ich putze die Fenster immer ohne Leiter, ich kann einfach auf keine Leiter steigen. Sogar die schwierigen Fenster, die sich nicht kippen lassen, putze ich ohne Leiter. Ich habe meine eigene Technik entwickelt, denn keine Macht der Welt kann mich dazu bringen, die Fenster im ersten Stock von der Leiter aus zu putzen. Und sie müssen von außen geputzt werden. Ich warte auf einen warmen Tag, dann schließe ich den Gartenschlauch an. Nehme den Schlauch in die linke Hand und eine Sprühflasche mit flüssigem Putzmittel in die rechte. Dann drücke ich auf die Flasche und lasse das Wasser die Seife zum Fenster befördern. Die Seife wird hochgeschleudert und putzt meine Fenster glänzend rein. Dann stelle ich die Flasche weg und spüle nach, bis alle Seife verschwunden ist. Nun funkeln die Fenster wie Spiegel. Und an den warmen Tagen trocknen sie schnell. Auf diese Weise trickse ich meine Höhenangst aus.

Der Junge hat sie geerbt. Das macht meinen Mann wütend. Und es endet immer damit, dass der Junge weint. Wehes, tiefes Schluchzen, weil sein Vater nie zufrieden mit ihm ist. Ich hasse dieses »Training« auf dem Sprungbrett. Vater und Sohn. Nervenaufreibende Szenen mindestens zweimal die Woche.

Einmal hat er auch mich auf das Sprungbrett gezwungen. Wir hatten ein Fest. Ich war müde, war die ganze Zeit mit kalten Getränken und kleinen Leckerbissen hin und her gelaufen. Aber obwohl ich schweißnass war, behielt ich mein Kleid an. Auf den Festen trage ich nie einen Badeanzug. Nicht, dass ich dick wäre. Aber im Vergleich zu den anderen Frauen bin ich ein Trampel. Meine Figur ist »fraulich« und gezeichnet von zwei schwierigen Schwangerschaften.

Ich weiß nicht, warum er mich da oben auf dem Brett haben wollte. Es fing als Scherz an, er lachte. Die anderen lachten. Dann wurde alles plötzlich anders. Er drohte mir, damit ich hochstieg, flüsterte mir grauenhafte Dinge ins Ohr, fauchte mich an wie ein Tier. Ich schloss die Augen und kletterte. Höher, höher. Die ganze Zeit mit seinem Atem im Nacken. Dann gab es keine Stufen mehr, ich kam nicht höher. Ich öffnete die Augen. Der Schrei wollte kein Ende nehmen. Ich schrie und schrie. Die anderen hörten auf zu lachen. Die Gesichter tief unten waren so schrecklich, sie schienen keine Augen zu haben. Ich sah keine Augen, nur »Spiegel«. Einen harten, tödlichen Wasserspiegel. Gekrümmt wie ein Tier klammerte ich mich an das Brett und schrie mich fort.

Wie ich nach unten gekommen bin? Weiß nicht. Aber mein Kleid war noch trocken, als ich zu mir kam. Er hat das nie wieder getan. Nie. Er hat den Vorfall auch nie mehr erwähnt.

Kurz danach hat er übrigens Albert gekündigt. Albert war der alte Mann, den wir von meinen Eltern »geerbt« hatten, er gehörte sozusagen mit zum Inventar. Albert war unter anderem für Wartung und Instandhaltung des Schwimmbeckens zuständig. Mein Mann nimmt das genau, auch die Fliesen ringsherum müssen gründlich gereinigt werden. Nun sollte ich das übernehmen. Die Kinder seien jetzt so groß, dass ich die Zeit hätte, sagte er. Und Albert sei teuer. Ich glaube nicht, dass Albert so teuer war. Jedenfalls hätte mein Mann sich ihn leisten können. Ich weiß nicht, warum er Albert gekündigt hat. Vielleicht passte er nicht ins Bild, er war so alt geworden, dass er sich nicht mehr die Mühe machte, meinem Mann nach dem Mund zu reden.

Also musste ich die Fliesen jede Woche dreimal reinigen. Als er sah, wie ich das machte, wurde er wütend. Ich blieb auf dem sicheren Rasen stehen und spülte die Fliesen von dort aus ab. Alles Wasser lief ins Becken. Ich wusste, dass das nicht richtig war, aber ich fand es so schrecklich, an den glatten nassen Beckenrand treten zu müssen. Vielleicht würde ich ausrutschen und hineinfallen. Und ich kann nicht schwimmen.

Aber er wurde wütend. Nannte mich eine Schlampe, die das Becken ruinierte, die den Dreck hineinspülte. Er hatte sicher recht. Aber ich habe solche Angst, auszurutschen und ins Wasser zu fallen. Jetzt überwacht er mich. Immer, wenn die Fliesen gespült werden müssen, sehe ich seinen Schatten hinter dem Vorhang. Vielleicht bilde ich mir das nur ein. Denn er weiß, dass er mich nicht zu überwachen braucht. Ich traue mich nicht mehr, auf die alte Weise zu putzen, ich balanciere ganz am Rand zum Rasen und spritze in Richtung des Abflusses neben dem Becken.

Die Gummischuhe sind eine kleine Hilfe. Sie scheinen sich an den Fliesen festzusaugen und mir zuzuflüstern, dass sie nicht loslassen werden. Ich habe sie im Ausverkauf in einem Schuhladen gefunden, sie waren wirklich eine Offenbarung.

Vom Fenster aus habe ich heute eine Silhouette gesehen, die auf das Sprungbrett kletterte. Nein, nicht kletterte. Sie klammerte. Eine zitternde Silhouette, die sich immer höher klammerte. Stufe um Stufe. Der Junge.

Ich wollte hinausstürzen. Aber meine Füße gehorchten mir nicht. Da stand ich, hinter dem Vorhang, und schrie. Lautlos. Er lag lange oben auf dem Brett. Ein in sich gekrümmtes Bündel. Dann stützte er sich auf die Arme, kam mühsam ins Sitzen, die ganze Zeit die Hände fest um das Brett geschlossen. Dann erhob er sich. Langsam. Er stand. Lange. Vollständig bewegungslos. Lange. Ein schmächtiger Jungenkörper in einer Badehose. Ein Sohn, der springen wollte, der seinem Vater zeigen wollte, dass er ein Sohn war.

Das Mädchen hat ihn dann heruntergeholt. Zum Dank hat er sie angespuckt. Danach weinte er. Lag auf den Fliesen und weinte.

Ich habe keine Tränen mehr. Nur etwas Gepresstes in meiner Brust. Ein Schluchzen, das nie herauskommt, es ist schon zu lange eingesperrt. Vielleicht wird es sich eines Tages hinauspressen. Immer häufiger kommt es mir so vor. Wenn nicht, dann werde ich platzen. Und das will ich nicht. Ich will leben. Aber nicht in weißen Zellen, mit Riemen und betäubenden Medikamenten.

Ich will nicht dorthin zurück. Er wird mich nie wieder dorthin schaffen. Niemals.

Gestern hatten wir ein Fest. Das letzte in diesem Sommer. Regenschwere Wolken vom Meer hatten sich schon seit Tagen über das Land ergossen. Aber gestern schien wieder die Sonne. Es war ziemlich mild. Mild und feucht. Schwül. Ich nahm das Saubermachen der Fliesen besonders genau. Alles wollte perfekt gereinigt werden. Sogar die Sprungbretter, auch das Zehn-Meter-Brett habe ich abgespült. Das ist überhaupt nicht schwierig, ich greife einfach zur selben Technik wie bei den Fenstern.

Durch den Hitzedunst sah ich meinen Mann geschmeidig auf das Zehn-Meter-Brett klettern. Alle sahen ihm zu, vor allem die Frauen. Mein Mann hatte einen schönen Körper. Auf der letzten Sprosse hielt er für einen Moment inne, ließ die schräg einfallenden Sonnenstrahlen auf sich spielen, packte zu und zog sich hoch. Ein prachtvoller Anblick, er glänzte vor Muskeln und Sonnenöl, kupferbraun mit jungenhafter Frisur. Engsitzende minimale Badehose. Eine Statue, gehauen aus einem schönen Stein, eine solide Stütze der Gesellschaft. Standhaft. Ich hasste ihn. Hasste ihn grenzenlos. Er ist wie eine Katze, bleibt immer unversehrt, egal, was er wagt. Er hat zehn Leben. Mindestens. Ich selbst habe nur eins.

Atemlos folgte ich ihm mit den Augen. Zehn Meter ist schließlich hoch. Sehr hoch. Sogar blasierte Leute verspüren dieses Zehn-Meter-Ziehen im Bauch, wenn er dort steht.

Er stand felsenfest. Streckte die Arme zur Sonne hoch, legte den Kopf in den Nacken und trat seinen Siegesmarsch über das Brett an. Ein olympischer Gott, der dem letzten Sommerabend huldigen wollte.

Am Rand des Brettes blieb er stehen. Reckte sich. Krümmte sich zusammen, zitterte wie eine Stahlfeder. Er war bereit, die Welt zu erobern. Noch einmal. Keine Reden. Kein Wort. Nur Tat. Dann eine explodierende Kraft, ein Orgasmus mit einer Eruption über zehn Meter. Ein Sprung mit Doppelabstoß vom Brett. Dieses Wagestück sollte sein Abschied vom Sommer sein.

Das wurde es auch. Ein richtiger Abgang.

Das Brett schlug ihm die Beine weg. Er rutschte aus. Seine Füße fanden keinen Halt. Sein Körper wurde herumgewirbelt, er kippte nach hinten und zur Seite. Er jagte auf die Fliesen zehn Meter unter ihm zu. Streckte sich in einem Schrei aus. Dann ein lauter Aufprall. Das Wasser färbte sich rot.

Die Leute schrien. Ich schrie.

Sirenen. Hysterische Szenen. Nur noch Chaos. Irgendwer deckte mich zu. Weißgekleidete Menschen brachten zwei Tragen. Eine für ihn. Und eine für mich. Ich wollte auf keine Trage, wollte nur da liegen und in den schweren Regentropfen, die jetzt fielen, Linderung finden. Sie fielen aus einem von Feuchtigkeit gesättigten Himmel. Dichter und dichter. Das Wasser schäumte herunter. Mild und dicht.

Ich erhob mich, ließ mich von einem Weißkittel zum Krankenwagen bringen. Sie meinten, ich solle mitkommen. Natürlich kam ich mit. Ich stand sicher unter Schock. So ruhig, wie ich mich verhielt. Ein wenig apathisch sozusagen.

Ehe ich mich ins Auto setzte, drehte ich mich um.

Durch die Regenwand sah ich, wie die Seife oben auf dem Brett schäumte. Ich sah, wie der Regen sie wegspülte.

Übrig war die Welt.

Frischgewaschen und neu.

Marianne Peltomaa

Schritte auf dem Kies

Er konnte noch so sehr an der Leine ziehen, Merlin wollte nicht loslassen. Er zerrte an der Leine und Merlin zerrte an dem Körper. An einem kleinen Körper, an den Resten eines Tieres, das nie groß gewesen war. Noch nicht mal so groß wie ein Hase. Aber vielleicht ... eine Ratte?

»Merlin, aus!«

Mit Nachdruck. So wie sie es in der Hundeschule im Fernsehen zeigten. Man sollte entschlossen, aber nicht total hart sein. Die Zügel oder vielmehr die Leine in der Hand behalten.

»Aus, habe ich gesagt!«

Das Laub war verfaulter als das tote Tier. Laub aus dem vorigen Jahr lag zu schweren Klumpen verklebt zwischen den letzten Resten Schnee und Eis. Eine einsame Huflattichknospe kämpfte sich schon ans Licht. Bald würden ihr weitere folgen, dann Leberblümchen und Buschwindröschen. Menschen, groß und klein, würden aus ihren Winterlagern strömen und sich in der Frühlingssonne lüften, nach den ersten Anzeichen für den heiß ersehnten Sommer suchen. Auch Merlin mochte den Sommer, er selbst aber verabscheute ihn. Eine hysterische Jahreszeit, Schluss mit der Ruhe.

Rums, rums, rums. Es war wohl jetzt schon Schluss mit der Ruhe, obwohl der Morgen kühl war und das Atmen quälend schwerfiel. Es war halb sechs am Morgen und der erste Jogger schritt aus auf dem kleinen Abhang hinter der Biegung. Er hörte am Geräusch, dass die Schritte länger waren. Bald würden sie wieder dichter kommen, sich nähern, hoch laufen und direkt auf sie zu.

Er verabscheute auch sie. Er verabscheute die Laufgeräusche und das keuchende Atmen. Die bösen, im besten Fall misstrauischen Blicke auf Merlin. Die überdeutlichen Umrundungen des Hundes.

Merlin war nicht bissig. Merlin begrüßte immer jeden, vielleicht manchmal etwas unnötig eifrig, aber nie biss er sie in die Knöchel oder Waden und auch nicht woanders hin. An den Hintern kam er nicht, aber da hätte er gern ordentlich zuschnappen und eine Weile hängen bleiben können. Sie verjagen, jeden Einzelnen.

Da, ja, da war die mit dem langen braunen Pferdeschwanz. Pferdeschwanz, wirklich passend. Trabte an einem ruhigen Spätwintermorgen in einer türkisfarbenen Jacke vorbei und störte die anderen.

»Merlin, aus! Jetzt!«

Endlich gehorchte er. Ärger in der Stimme half.

Scheißalter, dachte sie. Verscheuchte aber den hässlichen Gedanken gleich wieder, regte sich über andere auf, die auf der Lauer lagen. Der Morgen war einfach zu schön, als dass ihn ihr jemand verderben konnte. Heute war außerdem der Tag, an dem das Gespräch stattfinden würde. Der Tag, dem sie weitere auserwählte hinzufügen konnte, wie die Examenstage und den Stipendientag und den Tag, an dem Jakob auszog. Schluss und weg mit ihm. Befreit. Sie war kein Opfer und niemand durfte versuchen, sie dazu zu machen.

Rums, rums. Eine Sekunde lang bildete sie sich ein,

der Hund käme hinter ihr her, den Alten an der Leine hinter sich her ziehend. Bei der Vorstellung musste sie losprusten, hustete aber schnell, um das alberne Geräusch zu überspielen.

Sie ahnte, wer da kam, wusste, dass er bald an ihr vorüber sein würde.

Niemand sonst in Sicht und der Morgen eigentlich zu früh für einsame Jogger. Aber sie konnte sich darauf verlassen, dass er vorbeilief. Musste es. Sie hatte ihr Gefühl und ihre Gewissheit für diesen Tag.

Der Alte war zu bedauern. Versuchte seinen mickrigen Hund auf ihn zu hetzen. Der Hund wollte aber lieber in Verrottetem wühlen, es abschlabbern und verschlingen. Und diese Zunge würde dem Alten früher oder später das Gesicht abschlecken.

Da war sie schon zu sehen. Sollte er vorbeilaufen? Er warf einen Blick auf seine Pulsuhr, die bestätigte, was der Körper schon wusste, dass er so langsam wie möglich joggte. Der Körper wollte ein schnelleres Tempo, die Beine schrien nach längeren Schritten. Er ging fast.

Trotzdem blieben der Mann und der Hund zurück und der Abstand zu der Frau mit dem Pferdeschwanz verringerte sich unerbittlich.

Warum lief er nicht vorbei? Was wollte er damit sagen, dass er hinter ihr hing und sie zwang, von ihrer gewohnten Runde abzuweichen. Sie musste runter vom Kies, sofort. Auf den Asphalt, der die Geräusche der langen Schritte in dem sturen gleichmäßigen Abstand dämpfte. Die Aufregung dämpfte.

*

Das Eis faulte. Das lag an der Sonne und dem Sprühregen. Der Morgennebel war ungemütlich kalt, löste sich aber in unsichtbaren Dampf auf, sobald die Sonne etwas höher am Himmel stand. Überall war es so hässlich, dass der Anblick fast wehtat. Doch in der Luft lag zugleich auch ein Versprechen. Es versprach, das Hässliche würde von den Sonnenstrahlen vertilgt und nach oben verschwinden, vom Meer verschlungen werden und nach unten sinken. Es versprach das Glitzern, ganz bald. Es versprach Kieswege, die von den letzten Flecken Schneematsch und Eis befreit waren, wo der Schatten beharrlich liegen geblieben war, unabhängig vom Stand der Sonne.

Eines Morgens wäre das Hässliche fort, ganz verschwunden, und sie würde vergessen zu genießen, dass es nicht mehr da war. Das Vergessen ging so schnell ... Jetzt stand er wieder da, der Alte mit dem Hund. Konnte er ihn nicht etwas früher oder später ausführen? Er hatte bestimmt jede Menge Zeit, aber sie konnte sich ihre Zeit nicht so leicht einteilen. Ganz und gar nicht, eigentlich. Es war halb sechs und sie hatte noch genau eine halbe Stunde für ihre Morgenrunde übrig. Der ganze Tag war minutiös geplant. Sie konnte es sich nicht leisten, sich zu verspäten.

Am Ende kam es ja zu dem Gespräch, auf das sie gewartet hatte. Der Job gehörte ihr und sie hatte zugesagt.

Yess! Ein besonders langer Sprung über eine kleine Pfütze. Leichtigkeit in Körper und Gehirn sogen Sauerstoff in sich auf.

Rums, rums.

Scheiße, Scheiße, Scheiiiiße! Er könnte sich auch eine andere Zeit aussuchen. Wollte er sich wieder an sie hängen? Wie auf der Autobahn in der Hauptverkehrszeit. Aber es war früh am Morgen und der Weg lag frei und offen vor ihr. Gleichzeitig kam ein anderes Geräusch aus der entgegengesetzten Richtung, genauso vertraut und genauso nervig.

Tack, tack, ein metallisches Klacken. Zwei Frühaufsteher von Nordic Walkern. Immer dasselbe Paar mittleren Alters mit gleichen Käppis und im komischen Gleichschritt, mit hartem Klacken und hässlichem Schaben der Stöcke auf dem Asphalt. Scharfe Spitzen ohne Gummischutz. Sobald die auf den Kies kamen, wurde es besser. Wenn sie sich näherten, würde er bestimmt vorbeilaufen. Tack, tack und schab.

Die Schwäne waren zurückgekehrt. Sie hatten das erste Aufblitzen von freiem Wasser gefunden und schwammen dort, als hätten sie nie ihre gemeinsame Bucht verlassen. Seine Bucht, denn sie war die beste aus seiner Sicht. Und der Merlins, weil es so vieles an den Stränden zu jagen gab und das Wasser, um sich in gebührendem Abstand von protestierenden Menschen abzukühlen.

Die Schwäne hielten sich an die andere Seite und er hütete sich, näher heranzugehen, denn auf Merlin war kein Verlass. Er versuchte immer, sich auf sie zu stürzen, wütend bellend und an der Leine zerrend, dass es durch die Handschuhe auf der Haut an den Händen brannte. Auf die Schwäne war aber auch kein Verlass. Die waren nicht nur ruhig und schön, sie waren aggressiv und stießen ein Furcht einflößendes Fauchen aus. Kamen sogar an Land, um den zu vertreiben, der sie störte.

»Aus, Merlin!«

Aber nicht die Schwäne bellte der Hund an, auch

nicht die Vögelchen, die in jedem Gebüsch und Strauch sangen. Nicht einmal die Gänse. Er hätte sie wie immer angekläfft und wäre hinter ihnen hergejagt, stattdessen aber stand er ganz angespannt und mit aufgestellten Ohren da. Es konnte nicht an den verfluchten Joggern liegen, denn die waren schon vorbeigesaust. Zuerst die mit dem Pferdeschwanz und dann der Mann, der aufgehört hatte, sie auf der anderen Seite der Bucht, auf der Seite der Schwäne, zu überholen. Er lief im Sommer immer mit nacktem Oberkörper und nur mit der Pulsuhr über der Brust. Das sah obszön aus. Er konnte sich doch ein Hemd überziehen wie alle anderen auch. Die Entgegenkommenden liefen in immer dichterer Folge vorbei, je wärmer es wurde, das eine Hemd feiner als das andere und dann die engen Trikots. Aber dieser Typ lief in Shorts. Shorts und ein schwarzer Gürtel, Sonnenbrille. Sah bescheuert aus.

Aber so warm war es noch nicht, und es kamen noch nicht so viele Leute. Trotzdem war auch jetzt jemand im Anmarsch, mit sehr viel härteren Schritten als die Jogger. Scharfe Frühaufsteher, auf die sich Merlin voll Todesverachtung stürzen wollte, um sie vom Kies zu vertreiben.

Zu viel störte ihre morgendliche Ruhe, aber er weigerte sich trotzdem, von seiner Zeiteinteilung abzulassen. Stattdessen stemmte er genauso bockig die Füße in den Kies wie Merlin die Pfoten. Merlin hätte es vielleicht überlebt, zu einer anderen Zeit Gassi zu gehen, aber er nicht. Die Routine war das Einzige, was ihn nach der Pensionierung in Gang hielt. Die Routine und Merlin.

»Passen Sie auf Ihren Hund auf!«
»Merlin, sitz.«

»Man sollte keinen Hund haben, wenn man den nicht unter Kontrolle hat.«

Dieselbe eiskalte Stimme und derselbe Kommentar. Wie immer.

Der Blick geradeaus war entschieden verlockender als die Umgebung. Ein strammer Arsch in glänzend schwarzem Trikot, die Bewegung der Muskeln und der verlockende Rhythmus der Oberschenkel. So viel besser als altes Schilf und graues Eis.

Der steife Nacken verriet, dass sie sich zwang, sich nicht umzublicken, dass sie so tat, als bemerkte sie ihn nicht. Ihr Ärger strahlte stark in alle Richtungen aus, so stark, dass er mit der Hand danach hätte greifen können. Oder nach dem Pferdeschwanz, dem einen Oberschenkel. Gefangen! Mitten in einem kleinen Sprung, in der abgebremsten Bewegung des Fußes. Lauf vorbei, verdammt! Lass mich in Ruhe!

Ausdauertraining bekam eine neue Bedeutung, und da half es nichts, dass sie neue Routen aussuchte. Früher oder später würde der Asphalt sie von Strand und Kies fortlocken, näher zu Autos und Rettung.

Er atmete schwer, fast keuchend.

Musik, ich muss Musik haben. Ich muss ihn ausblenden, all seine Geräusche. Sollte stehen bleiben und ihn »vorbeilassen«. Vielleicht so tun, als sei ein Schnürsenkel aufgegangen. Mich bücken und ihn »wieder zubinden«. Irgendetwas vortäuschen. Damit er einfach verschwindet.

Das war ein schwacher Gedanke und sie war nicht schwach. Sie nicht, die eine neue Herausforderung angenommen hatte. Das forderte Stärke.

Bleib doch, wo du bist, du Loser, wenn du nicht anders kannst. Ab sofort gibt es dich nicht mehr.

*

»Passen Sie auf Ihren Hund auf!«

»Passen Sie auf Ihre Stöcke auf! Sie können einem ja die Augen ausstechen, wenn Sie so damit rumfuchteln.«

Das Chaos entstand in wenigen Sekunden aus dem Nichts. Merlin wuselte allen zwischen den Beinen herum und die Stöcke verhedderten sich in seiner Leine, wurden losgerissen und geschwenkt. Verhedderten sich wieder.

Jemand stolperte, fiel kopfüber in den Kies. Eine Hand wurde zur Hilfe ausgestreckt, eine Stimme.

»Sie haben sich doch nicht wehgetan, oder?«

Die junge Frau stand behände wieder auf und begann sich den Kies und Sand abzuwischen. Sie glotzte die anderen wütend an, auch den Mann mit der helfenden Hand.

Eifrig bellend versuchte Merlin sich auf sie zu stürzen, aber die Frau mit dem Pferdeschwanz verließ bereits die kleine Gruppe ohne Wort oder Blick. Der andere Jogger folgte bald hinterdrein, spurtete etwas und wurde dann wieder langsamer. Joggte in einem gleichmäßigen, fast gemächlichen Tempo. Drei Schritte hinter dem Pferdeschwanz. Höchstens drei.

Zurück blieben der Mann mit dem Hund und die Nordic Walker mit ihren gleichen Stöcken. Kein Klacken und Schaben mehr, bloß ein leichtes Nicken und der Blick starr am Augenkontakt vorbei. Der Spaziergang wurde fortgesetzt und Merlin lief mit seinem Herrchen nach Hause.

»Wo sollen wir denn hin?«, murmelte er. »Noch nicht mal auf dem Friedhof hat man seine Ruhe. Erinnerst du dich?«

Aha, jetzt läuft sie mit Musik. Weiße Kopfhörer in den Ohren und ein mp-3-Player am Arm befestigt. Den konnte er leicht wie nur was abreißen. Einfach die Hand ausstrecken und etwas reißen. An den Kabeln reißen, am Pferdeschwanz, nach dem Oberschenkel greifen.

Abstand halten, drei Schritte. Das reichte. Bis jetzt reichte das. Doch nur solange das unsichtbare Band an Ort und Stelle gehalten wurde, und nicht riss und sie freiließ. Oder umgekehrt, ihn näher zog.

Die Pulsuhr zeigte neue Werte, höhere Werte an, aber das Tempo war die ganze Zeit dasselbe und der Abstand blieb konstant. Drei Schritte, ganz entscheidend.

*

Jetzt war die anstrengende Zeit der Paarbildung, der Fortpflanzung und der Rituale. Es war die Zeit der Lockrufe und Wettgesänge, aufgeplusterten Brüste und der schnellen Flügelschläge. Der Drohgebärden gegen Rivalen, die ins Revier eindrangen, der Angriffe und der Flucht. Nester wurden gebaut, Zweig für Zweig in sinnreichen vererbten Konstruktionen. Die Instinkte steuerten alles und nichts war Spiel.

Die Menschen begriffen das selten. Sie hörten Gezwitscher und dachten Amsel, sahen Schwalben vorüberschnellen und wollten fliegen. Wischten sich frische Losung vom Mantelärmel und fluchten.

Aber das Spiel war bitterster Ernst. Es ging um den

Fortbestand der Familie und der Art, vererbte Gene. Der Sieg des Starken über den armen Schwachen.

Das Klopfen des Schwarzspechts wetteiferte mit niemandem, übertönte aber alle anderen. Der scharfe Schnabel bohrte sich in den Stamm, dass die Späne stoben und das Gewürm hinein und hinaus floh. Drrr ... drrrr hämmerte er Löcher in die leichten Triller der kleinen Vögel, in die Sprünge der Hasen über den Kies. In die Schritte der Menschen.

Ein zischendes Geräusch in der Stille, als der Schnabel zurückgezogen wurde, ausholte und wieder hämmerte. Nur ein Zischen, wie Vogelflügel und ein erstaunter Ruf. Ein erstickter Protest, nichts mehr.

Jemand zuckte noch einmal, vielleicht zweimal. Ein letztes Keuchen stieg auf, erreichte aber nicht mehr die Lippen.

Leise Schritte verließen den Kies, gingen über altes und neues Gras, durch verwachsenes Erlengehölz. Schlichen fort.

Das Revier war verlassen und die Rituale der Vögel konnten in Frieden weitergehen.

*

»Merlin, aus!«

Die Stimme war heiser und müde, der Mann auch. Er hatte nicht mehr die Kraft, den Hund zu rufen, tote Tiere und störende Menschen zu beachten. Er wollte seinen Hund und seinen schmerzenden Körper nach Hause schaffen. Wollte sich hinlegen und nur sterben.

Er sollte nicht sterben. So alt war er nicht, dass ihn eine Frühjahrsgrippe hätte umbringen können. Aber es fühlte sich so an und mit Vernunft hatte das nichts zu tun. Nach Hause und sterben, jetzt.

»Aus, habe ich gesagt.«

Keine Stöcke in Sicht, nicht eine Menschenseele, die vorbeilief. Wenn er hier zusammenbrach, konnte es eine Weile dauern, bis sich eine helfende Hand ausstreckte. Wenn denn jemand einem so alten Mann helfen wollte. Er hätte seine Gewohnheiten nicht ändern sollen, nicht anfangen sollen, eine Stunde später spazieren zu gehen.

»Das ist bloß ein totes Tier, du isst so was nicht. Du isst Futter. Komm jetzt.«

Widerwillig ließ Merlin sich von seinem neusten Fund fortlocken. Die Zähne lösten sich von der Haut und dem Fleisch, ließen die Knochen darunter los. Ließ das tote Tier dort liegen und ging mit seinem Herrchen nach Hause.

Wenn der Mann gesund gewesen wäre, hätte er vielleicht den Unterschied bemerkt. Hätte er vielleicht dasselbe gesehen wie die Elster, die auf den Knöcheln gelandet war, angelockt vom funkelnden Zifferblatt der Pulsuhr.

Eine Hand konnte selbstverständlich aussehen wie ein Tier, ein zusammengekauertes, kleines Tier. Wenn man krank und das Augenlicht getrübt war. Wenn man die Pulsuhr nicht sah und die Arme, die dort begannen. Den Körper im Graben, zu dem der Arm führte, die weißen Schuhe im schwarzen Matsch. Dann konnte man genau das denken: dass da bloß ein kleines Tier lag. Vor Kurzem noch lebendig und bald ganz verrottet.

Maj Sjöwall

Das Mädchen, das nicht dünn sein wollte

Es war einmal ein Mädchen, das hieß Katerine und war sieben Jahre alt. Sie wurde Trine genannt. Trine hatte keine Geschwister und wohnte mit ihren Eltern in einer ganz gewöhnlichen, aber ungewöhnlich gut aufgeräumten Dreizimmerwohnung in einem ganz gewöhnlichen Haus in einer ziemlich gewöhnlichen Stadt. Sie dachte, dass es schön sei, keine Geschwister zu haben, weil sie gern in Frieden gelassen wurde.

Die Mama hieß Rut und der Papa Knut. Mit Nachnamen hießen sie Spjut. Trines Papa war irgendein Direktor, und die Mama ging in eine Art Schule, weil sie irgendwas werden wollte. Trine ging in die erste Klasse und wusste nicht, was sie werden wollte.

Ihre Eltern wollten nur, dass ihre Tochter dünn werde.

Trine war nämlich dick, oder auf jeden Fall ganz schön rund. Sie selbst hatte nichts dagegen, korpulent zu sein. (Sie hatte in einem Buch gelesen, dass das ein feineres Wort für dick sei, und so dachte sie von sich, sie sei korpulent.) Wenn sie jemand reizte und zum Beispiel Dickwanst nannte, dann ging sie entweder gar nicht darauf ein oder antwortete: »Und Du? Oller Spargel!« oder etwas in der Art.

Aber das Traurige war, dass Mama und Papa meinten, sie sei geradezu feist, und fette Menschen seien das Hässlichste, Ekligste und Widerwärtigste, das sie sich vorstellen konnten. Deshalb aßen sie auch so gut wie nichts und waren alle beide spindeldürr. Schlank nannten sie das, weil es so in allen Wochenzeitschriften stand, die sie lasen und die bergeweise überall in ihrem Wohnzimmer herumlagen.

»Werde schlanker mit der Möhrenmethode« und »Werde schlank bis zum Sommer« und »Werde schlank bis zum Winter« und »Schlank und schön in 20 Minuten«, so stand es in allen Zeitschriften. Rut und Knut hungerten und machten Gymnastik und wurden dünner und dünner. Sie lagen Trine ständig in den Ohren, dass sie weniger essen und spillerig und so schön wie die Eltern werden müsse.

Aber Trine fand essen prima. Sie aß für ihr Leben gern, egal was, Hauptsache, es war gut. Zu Hause bekam sie nie etwas Richtiges zu essen, nur so'n Zeug, wovon man nicht dick wurde. Salat und Gurke und fettarme Sauermilch waren das Einzige, was man bei Familie Spjut im Kühlschrank fand.

Trines Eltern konnten nicht verstehen, warum Trine nicht abnahm, sondern mit jedem Tag eher runder zu werden schien. Zu Hause aß sie doch nicht mehr als sie selbst, und sie wurden ja immer dünner und – wie sie selber dachten – schöner. Gewiss konnten sie nicht verhindern, dass Trine in der Frühstückspause etwas in sich hineinstopfte, sagten sie abends zueinander, als sie dasaßen und sich ihrer dicken Tochter schämten, während sie sich in ihren Wochenzeitschriften all die schönen und mageren Menschen anschauten.

Was sie nicht wussten, war, dass Trine ihre Freunde hatte. Ja, sie wussten selbstverständlich, dass sie Klassenkameraden hatte, auch wenn sie sie nie gesehen hatten, denn Trine durfte ihre Freunde niemals mit nach Hause bringen, weil sie ja die Wohnung in Unordnung hätten bringen können. Doch kannten sie auch nicht all die Freunde, die Trine auf dem Heimweg von der Schule traf.

Und das war ein Glück, denn so gelang es Trine, nicht zu verkümmern und zu verhungern.

Wenn Trine aus der Schule kam, musste sie zuerst über einen Platz, meistens war sie in Gesellschaft von Rosie, ihrer besten Freundin. Auf der anderen Seite des Platzes ging jede in ihre Richtung, aber erst schauten sie bei Rosies Mama vorbei, die als Kaltmamsell in einem Hotel gegenüber der Schule arbeitete. Eine Kaltmamsell ist eine Künstlerin des kalten Büffets, die schön belegte Brote macht, die man im Restaurant bekommt. So durften Trine und Rosie sich in die Küche setzen und stilvoll dekorierte Brote mit Shrimps und Schinken und Leberpastete und Käse und kalten Fleischklößchen essen, während sie mit Rosies Mama plauderten und ihr bei der Arbeit zusahen. Manchmal, wenn sie keine Zeit für die beiden hatte, gab sie jeder ein Stullenpaket, das sie sich dann in ihre Schulranzen stopften. Dann setzten Rosie und Trine getrennt ihren Heimweg fort.

Ein Stadtviertel weiter hatte Trine einen Freund, der Tom hieß und »Tomate« genannt wurde. Er arbeitete in einem Keller, in einem Obst- und Gemüselager. Dort duftete es nach Äpfeln und Apfelsinen und erdigen Kartoffeln und allem möglichen anderen, und Trine setzte sich auf eine Holzkiste und konnte so viel Obst essen, wie sie wollte, während Tomate mit seinen Zwiebelsäcken und Bananenkartons hantierte und schwatzte und pfiff und Trine lustige Geschichten erzählte. Bevor sie ging, stopfte Tomate ihr eine Tüte mit Obst in die Schultasche.

Trines Schultasche war ungewöhnlich groß – sie hatte zu ihrer Mama gesagt, dass es sehr modern sei, eine große Tasche zu haben, und weil Mama es hasste, unmodern zu sein, bekam Trine eine große Tasche.

Dann ging Trine weiter durch einen weiten Park. In einer Ecke des Parks befand sich ein Imbiss. Auch Wurst-Helge war ihr Freund, und für ihn machte sie immer Besorgungen im etwas entfernten Tabakladen. Wenn Helge seine Zeitung oder seine Zigaretten bekommen hatte, bekam Trine ihre Wurst. Eine dicke Bratwurst mit Kartoffelbrei und Senf und Ketchup. Und eine Flasche Schoko-Milch, die sie zur Wurst trank, und eine Limo, die sie in die Schultasche steckte. Sie saß immer auf der Parkbank und aß, während sie die Vögel mit altem Brot, das sie von Helge bekam, fütterte.

Dann war Trine fast satt.

Der Schulranzen wurde ziemlich schwer, gut, dass das letzte Stück des Wegs einen Hang hinabführte. Dort lag eine Konditorei. Wenn Trine vorbeikam, stand der Bäcker immer schon in der Tür und kühlte sich ab, weil er für diesen Tag mit dem Backen fertig war. Durch die Tür strömte der herrliche Duft von frischem Brot und Kuchen. Trine verlangsamte ihren Schritt, um den Duft einzusaugen. »Hej Trine, warte mal«, pflegte der Bäcker zu sagen. »Ich glaube, ich hab Glück gehabt, dass mir heute etwas Gebäck kaputtgegangen ist, und es wäre ja schade, wenn man es wegwerfen müsste.«

Und so bekam Trine eine Tüte mit zerbröckelten, aber köstlichen Keksen, die sie in ihre Tasche hineinstopfte, und auf die Hand ein warmes Zimtbrötchen zum gleich Genießen. Dieses reichte in der Regel genau bis vor ihre Haustür.

Dann war Trine satt und die Tasche proppenvoll mit guten Sachen. Die würde sie in ihrem Zimmer verstecken und essen, wenn sie sich schlafen gelegt hatte. Der Abend war gerettet.

Am letzten Tag vor den Sommerferien kam Trine von der Schule nach Hause mit ihrer großen, schweren Tasche, nachdem sie all ihre Freunde besucht hatte. Sie war etwas betrübt, weil sie in den Ferien mit ihrer Mama und ihrem Papa auf dem Land sein würde, und sie wusste, was das bedeutete. Keine guten Stullen, keine Wurst, keine Brötchen, sondern fettarme Sauermilch zum Frühstück, Salat zum Mittagessen und bestenfalls etwas gekochten Fisch ohne Kartoffeln und Soße zum Abendbrot. Die ganzen Sommerferien lang!

Rut und Knut waren zu Hause, weil sie auf eine Hochzeit eingeladen waren und sich beide freigenommen hatten. Nun waren sie dabei, sich für das Fest fein zu machen. Trine brauchte sich nicht fein zu machen, weil sie nicht eingeladen war. Sie sah einem schönen Abend entgegen. Ganz für sich allein.

Nachdem sie die Stullen und die Limo und die Äpfel und das Gebäck im Geheimfach in ihrem Zimmer versteckt hatte, ging sie zum Pullern ins Bad. Papas Bademantel hing draußen an der Tür. Sie hörte, wie das Badewasser aus der Wanne ablief, aber sie musste so dringend und öffnete vorsichtig die Tür.

Gerade, als sie ins Badezimmer trat, sah sie ihren Papa mit dem letzten Badewasser durch den Abfluss im Wannenboden flutschen. Er war nämlich genauso dünn wie die Kordel seines Bademantels und hatte einen betretenen Gesichtsausdruck, als er mit einem »Schlurf« verschwand.

»Oh wei«, sagte Trine und ging ins Schlafzimmer, um Rut zu berichten, was mit Knut passiert war.

Trines Mama stand nackt im Sonnenschein vor dem offenen Fenster mit dem Fön in der Hand. Sie hatte ein weißes Netz über die Rollen im Haar geknippert und sah aus wie eine verblühte Pusteblume, ihr Körper wie ein Stängel und ihr Kopf wie ein runder, fluffiger, weißer Ball. Gerade, als Trine die Tür öffnete, schaltete ihre Mama den Fön ein. Der Luftstrom des Föns traf sie, und sie hob vom Boden ab und schwebte durchs Fenster hinaus. Trine sah, wie sie flatterte, leicht wie eine Feder in den blauen Sommerhimmel, über die Dächer hinweg in die Richtung, wo das Meer lag. Und dann war sie verschwunden.

Trine wartete einige Tage.

Nachdem sie eine Woche gewartet hatte, ohne dass ihre Eltern zurückgekommen waren oder von sich hatten hören lassen, begriff sie, dass ihr Papa mit dem Badewasser ins Meer hinausgeflossen und mit der Strömung an irgendeinen Strand auf der anderen Seite des Meeres getrieben und dass ihre Mama mit dem Wind in dasselbe ferne Land fortgeweht worden war. Und dass sie sich entschlossen hatten, dort zu bleiben.

Trine hoffte, dass sie in einem Land gelandet waren, wo die Menschen nackt herumliefen, denn weder Knut noch Rut hatten ja irgendwelche Kleider an, als sie wegsegelten.

Trine war satt und zufrieden, und so lebte sie glücklich und korpulent und elternlos bis an ihr Lebensende.

Guri B. Hagen

Kleiner Sonnenschein

»Du bist lebensuntüchtig«, sagt ihr Mann und dreht das Weihnachtsoratorium auf volle Lautstärke. Er hat recht. Das ist sie. Irgendwie hat sie das Leben nie richtig in den Griff bekommen. Schon allein das Atmen macht Mühe. Sie schnappt andauernd nach Luft.

»Du hyperventilierst, Lita«, sagt ihr Mann, der Oberarzt, und reicht ihr eine Hysterie-Plastiktüte. Das Merkwürdige ist nur, dass sie im Beisein ihres Gatten öfter nach Luft schnappt als in Gegenwart anderer Leute, und sie hat das ketzerische Gefühl, dass seine Sauerstoffaufnahme womöglich besonders gierig ist.

Lita ist mit dem Lied ›Kleiner Sonnenschein‹ aufgewachsen und danach erzogen worden, wie damals die meisten kleinen Mädchen mit Faltenrock und Zöpfen.

»Ein kleiner Sonnenschein will ich sein, für Papa und Mama und Brüderlein, für die Tante und die Frau Lehrerin, weil ich so lieb und artig bin.« Dieses Lied strömt durch ihre Adern und verkündet allen, was für ein kleiner Sonnenschein sie ist. Nichts hat ihr je größeres Leid zugefügt. Denn aus Sonnenscheinkindern werden Sonnenscheinleute, die mit größter Selbstverständlichkeit die andere Wange hinhalten. Lieb und artig ist Lita, und allzeit bereit. Ihre Finger schnellen zum Pfadfindergruß an die Schläfe, obwohl sie seit fünfunddreißig Jahren kein Pfadfindermädel mehr ist, und für alle, die ihr begegnen, hat sie ein freundliches Wort: »Guten Tag, guten Tag, wie süß die Veilchen duften, geradeso wie Sie, Frau Andersen.«

Ein typischer erwachsener Sonnenschein, die Lita. Frau Oberarzt Svenssen. Das »Frau« als vorangestelltes Anhängsel. Ihr Name ist ausgelöscht, wie ein Wurmfortsatz am Blinddarm hängt sie am Arztkittel ihres Mannes.

»Nur langweilige Menschen langweilen sich«, gähnt ihr Mann. Er hat leicht reden, er hat ja diesen Refrain noch nie gesungen. Er, der immer Zeit für amüsante Hobbys und Aktivitäten hat. Er, der mit großer Befriedigung Kinder im Dunkeln gezeugt, sie aber nie bei Tageslicht vor sich hergeschoben hat. Er hat leicht reden, mit den Scharen junger Krankenschwestern im Gefolge. Dann ducken sie sich, aber später werden seidenglatte Beine sich um ihn winden und gewiss nicht in den Gesundheitsschuhen stecken, die so gut für den Rücken sein sollen.

Er ist völlig erschöpft, wenn er nach Hause kommt, und damit diese kleinen Nachtmahre am nächsten Tag etwas haben, an dem sie sich mästen können, muss er gestärkt werden. Das ist seit jeher Litas Aufgabe. Und jetzt ist Weihnachten, und sie hat einiges anzubieten.

Wie gesagt, sie beobachtet das Phänomen. Lita hat wieder angefangen zu studieren. Medizin. Das ist nichts Neues für sie, ganz und gar nicht. Sie war im sechsten Semester und eine der vielversprechendsten Studentinnen ihres Professors, als ihr Mann, der zu jener Zeit mehr Erfolg bei den Damen hatte als bei der Bewältigung der medizinischen Terminologie, ihr einen Rosengarten und kleine bezaubernde Sonnenscheinkinder versprach, falls sie einen Job annähme, damit er seinen intellektuellen Geist in aller Ruhe dem Studium widmen könne. Zum Besten für sie alle.

So kam es, dass nur einer in der Familie Arzt wurde. Aber bald wird eine Ärztin hinzukommen. Genau das ist ihre Überraschung zu seinem fünfzigsten Geburtstag am Heiligabend.

Deshalb liest sie jetzt die Fachliteratur des Oberarztes, mitten in all den Weihnachtsvorbereitungen, sie versteckt sie in den Seiten der Frauenzeitschriften und macht kleine Witze über die Unfähigkeit der Prominenten, ihr Leben in den Griff zu bekommen. Er schluckt das unbesehen, und das ist von allergrößter Wichtigkeit, denn er darf noch nicht merken, dass die medizinische Terminologie wie geschaffen ist für ihr Gehirn. Er hat längst verdrängt, dass sie ihm damals vor fünfundzwanzig Jahren weit voraus war. Es ist ein ungeheuer spannendes Fach. Was für Möglichkeiten sich ihr eröffnen, wenn sie den Stoff bewältigt hat.

»Du, Schatz«, gurrt Lita. »Woran ist deine liebe Mutter eigentlich gestorben?«

Er mustert sie mit überheblichem Oberarzt-Blick, schlürft seine Schokolade mit Sahne, die sie ihm kocht, weil sie überzeugt ist, dass er danach besser schläft, und sagt, es sei etwas im Brustbereich gewesen.

»Lungenentzündung?«

»Ach was, Unsinn. Vermutlich hat das Herz nicht mehr mitgemacht«, gähnt er.

»Du Ärmster. Dein Vater ist doch auch schon so früh gestorben. Du solltest besser auf dich achtgeben.«

»Das lass mal meine Sorge sein«, brummt er und knipst die Nachttischlampe aus. »Ich kontrolliere jeden Monat meinen Cholesterinspiegel. Ich bin prima in

Form. Nur ein bisschen erhöhter Blutdruck in Stresszeiten.«

Leider hat er eine Manie. Er ist verrückt nach Süßigkeiten. Vergleichbar einem Alkoholiker greift er immer dann nach Süßem, wenn ihm das Leben ins Gesicht bläst, und das tut es oft mit einer Ehefrau wie Lita. Er ist ein Mann mit tiefen Empfindungen, und trotz seines Wissens über Fett und Cholesterin kann er es nicht lassen. Und als die pflichtbewusste Hausfrau, die Lita ist, achtet sie gerade jetzt in der Weihnachtszeit sorgsam darauf, dass immer ein ordentlicher Vorrat an herrlichem Weihnachtsgebäck, Blätterteigstangen mit Rum-Marzipan-Füllung und Butterkremkuchen vorhanden ist. Sie braucht nur ein klitzekleines bisschen zu hyperventilieren oder ein wenig zu murren, und schon greift seine Hand nach einer weiteren Butterwaffel oder noch einem Stück Sandkuchen.

Das Studium gibt Kraft. Lita läuft frohgemut zum Supermarkt. Frau Andersen weicht sichtbar zurück, als sie die hochgetürmten Einkaufswagen sieht.

»Schon wieder Gäste, Frau Oberarzt Svenssen?« fragt sie neidisch.

»Ach, wissen Sie, jetzt in der Adventszeit darf man sich ruhig ein bisschen verwöhnen«, antwortet Lita.

Der Oberarzt hat ungeheuer viel zu tun. Ständig ruft er an und erzählt was von Überstunden.

»Mein armer Schatz«, schnurrt sie. »Wie anstrengend es doch ist, in dieser Zeit Oberarzt zu sein«, während ihr Herz mit kleinen, ekstatischen Sprüngen galoppiert und der Rinderbraten im Blätterteigmantel wohlig vor sich hin schmurgelt, voller Ungeduld, dass ein erschöpfter Oberarzt nach Hause kommt, um sich an ihm zu laben.

»Freitag spiele ich bei einem Betriebsturnier mit«, sagt er eines Nachmittags, während er an einer Waffelrolle knuspert, die nach altem Rezept gebacken ist, so wie seine Mutter sie immer gemacht hat. Mit viel guter Butter.

»Ach, wie schade«, sagt sie. »Da kommt doch diese Diskussionssendung, du weißt schon, über Schulmedizin und alternative Heilmethoden.«

Da nimmt er sich noch eine Waffel und läuft vom Kopf bis zu den Zehen rot an. Er hasst sie einfach, diese Eindringlinge, die in seinem Territorium herumtrampeln – Patienten. Entweder er rettet sie oder keiner. Also sitzt er am Freitag bissig im Ohrensessel, Kranzkuchenkrümel und Tropfen süßen Portweins kleben in seinem Bart – und hoffentlich noch an anderen Stellen.

»Wo ist die Badezimmerwaage?«, ruft er eines Morgens.

»Oh, die ist kaputt«, schwindelt Lita und bemerkt, dass sich mettwurstdicke Fettwülste um seine empfindsame Brust und seinen sensiblen Bauch geschlungen haben.

Lita hat zurzeit viel um die Ohren. Der Fitnesskurs zeigt Resultate. Ihre ehedem so schwellenden Hüften und schweren Brüste sind auf eine neue, festere Ausgabe geschrumpft. Das Auto steht in der Garage. Lita radelt und läuft zu den Vorlesungen und zurück.

Der Oberarzt muss zu einem Seminar nach Frankreich. Geschmiert und gesponsert von einer Arzneimittelfirma. Auf dem Programm stehen leider auch Golf und andere Leibesübungen. Sie ist verzweifelt. Weder kann sie das Essen zubereiten noch seinen hohen Blutdruck kontrollieren, und sie hasst die Vorstellung, dass er viele Kilometer auf dem Golfplatz zurücklegt – ganz zu schweigen davon, wen er sonst noch alles im Gras zurücklegt.

Sonntagnachmittag wird sie ernsthaft krank. Ungeheuerlich, was die Psyche einer Frau in ihrem Körper alles anrichten kann. Sie krümmt sich vor wahnsinnigen Bauchschmerzen. Ihr Mann bittet sie, ein kreislaufstärkendes Mittel einzunehmen. Lita jappst nach Luft.

»Du hyperventilierst schon wieder«, sagt er und reicht ihr eine Plastiktüte.

Sie wimmert und heult vor Schmerzen. Schließlich begreift selbst der Oberarzt, dass sie in ein Krankenhaus muss. Was für ein schlimmes Dilemma, in dem der Ärmste steckt.

Schön ist es hier im Krankenhaus. Die Schwestern sind kleine Engel mit sanften Händen, die sie voller Fürsorge füttern. Gut, sie muss eine Reihe von Blutentnahmen und eine Magenspiegelung über sich ergehen lassen, aber was ist schon ein Schlauch im Magen, wenn man wieder gesund wird?

Sogar im Schlaf krümmt sie sich vor Schmerzen, aber dennoch ist ihr – aus dem Augenwinkel heraus – nicht entgangen, dass ihr Mann, der Oberarzt, bleich und erschrocken neben ihrem Bett sitzt. Gestern hat er ihren linken Arm unbeholfen massiert, der Ärmste.

Eine Woche später ist sie wieder zu Hause. Diagnose: Vegetative Erschöpfung. Eine sehr gängige Diagnose bei einer Frau in Litas Alter. Nichts, worum man sich Sorgen machen müsste. Schonen Sie sich, Frau Oberarzt. Das wird schon wieder. Viel Ruhe und ein paar Hormontabletten, dann normalisiert sich das Ganze. Und nach Weihnachten lassen Sie alles etwas ruhiger angehen.

Der Oberarzt zittert am ganzen Körper. Zu schade, dass das Seminar den Bach runtergegangen ist. Außerdem hat er sich einen üblen, schweißtreibenden Virus eingefangen, aber er muss ihn ignorieren, da seine freie Woche am Krankenlager seiner geliebten Frau draufgegangen ist. Am Freitag sitzt er mit einem doppelten Brandy im Ohrensessel und sinniert über das nahende Alter. Die Abenddämmerung hat eingesetzt. Es ist die blaue Stunde. Lita liebt diese Zeit, wenn die Dunkelheit Anlauf nimmt und den Tag besiegt.

Seine Haut hat tatsächlich den Schimmer der Dämmerung angenommen. Sie ist voller Schweißperlen, und er ringt nach Luft.

»Ich sterbe«, ruft er plötzlich, und seine Hand krallt sich über dem Herzen fest.

»Ach was, Liebster, du hyperventilierst nur«, sagt Lita und reicht ihm eine Plastiktüte.

Anna Grue

Mutter geht es nicht so gut

»Fröhliche Weihnachten nachträglich, Vater!«

»Fröhliche Weihnachten, mein Schatz.« Die Umarmung dauerte eine Spur zu lange. »Und dir auch fröhliche Weihnachten, mein Kleiner.« Keld ging in die Hocke, und Emil verschwand in seinen Armen.

Iben schlängelte sich an ihnen vorbei. Sie holte einen Bügel für den Mantel und steckte den Kopf in die Küche.

»Wo ist Mutter?«

»Mutter geht es nicht so gut«, sagte Keld und stand auf. »Sie kommt etwas später.«

»Ist sie zu Bett gegangen?« Iben nickte zur Schlafzimmertür am Ende des Flurs. »Soll ich nicht kurz mal bei ihr reinschauen?«

»Sie schläft, Iben.«

Sie sahen sich in die Augen. Ah ja.

Emil zupfte an der Hausjacke seines Großvaters. »Wo ist Anton?«

»Sie kommen gleich, mein Kleiner. Ich habe die Spielzeugkiste schon rausgeholt.« Keld nahm die Hand des Jungen und ging mit ihm ins Wohnzimmer.

»Reichst du mir bitte die Heringe?« Louise streckte die Hand aus. »Die marinierten.«

Iben gehorchte ihrer großen Schwester. »Willst du den noch dazu?«

»Nein danke.« Eine kleine Grimasse deutete an, was Louise von dem Currysalat hielt, der der Verfärbung nach zu urteilen seit Stunden draußen stand. »Aber ein Schnaps wäre prima, Vater. Wenn ihr habt?«

»Ich muss mal schauen, ob …« Sie konnten die Tür des Kühlschranks aufgehen hören. Kurz darauf war Keld zurück mit einer Flasche, die mit einer dicken Schicht Eiskristallen überzogen war. »Ich fürchte, da ist nicht mehr viel übrig«, sagte er. »Aber für eine Runde wird es wohl noch reichen.« Der Vater verteilte den Klaren auf sein eigenes und die Gläser der Töchter.

»So«, sagte er. »Wollen wir mal nachsehen, ob die Decke auch geweißt ist?«

Sie prosteten sich zu und tranken aus. Die Jungen bekamen Cola.

»Weshalb noch mal konnte Anders nicht kommen?« Iben reckte sich nach den gebratenen Heringen.

»Hat er Schicht?«

»Irgendjemand muss ja die Feiertagsschichten übernehmen.« Louise trank einen Schluck Bier. »Wir hatten Glück, dass er am 24. frei hatte.«

»Ging alles gut Heiligabend?«, fragte Keld.

Sie zuckte mit den Schultern. »Es war sehr gemütlich.«

»Ihr wart zu Hause bei Anders' Eltern, oder?«, fragte Iben.

»Wir waren einundzwanzig um den Baum herum.«

»Du meine Güte.«

Iben hatte keine Schwiegerfamilie und damit auch keine Entschuldigung, dass sie Weihnachten ohne die Eltern gefeiert hatte. Aber weder diese Tatsache noch der Grund dafür wurden zur Sprache gebracht.

»Wollt ihr noch mehr Fischfrikadellen, Jungs?«

Emil schüttelte den Kopf. »Wir sind satt, Mama. Dürfen wir einen Film sehen?«

»Mutter war noch nicht ganz fertig damit, das Weihnachtsessen anzurichten, als sie unpässlich wurde«, erklärte Keld und verschwand in der Küche.

»Was fehlt ihr denn eigentlich?« Louise sah ihre kleine Schwester an. »Ist es nur das Übliche?«

Iben zuckte mit den Schultern. »Ich habe nicht gefragt.«

»Es ist schon irgendwie sonderbar, dass sie nicht mal eben ... Ich meine, so oft kommt es ja nun auch nicht vor, dass wir alle beisammen sind. Oder?«

»Nee.« Iben warf einen Blick in Richtung Sofagruppe, wo die beiden Cousins saßen und ›König der Löwen‹ sahen. »Aber du weißt ja ...«

»Miststück.«

»Ach, Louise ...«

Der Vater kam mit einer lauwarmen Leberpastete herein. »Es gibt leider keinen Bacon dazu«, sagte er etwas kurzatmig. »Mutter muss vergessen haben, welchen zu kaufen, oder ...« Der Rest des Satzes verschwand mit ihm im Flur, und wenige Augenblicke später kam er mit den Frikadellen und dem Aufschnitt zurück. »Aber jetzt müssten wir eigentlich alles haben.«

»Das sieht lecker aus, Vater«, sagte Iben und legte einige Frikadellen, ein paar Cocktailtomaten und eine Handvoll Gurkenstifte auf einen Teller für die Jungen. »Pfeif auf den Bacon. Keinem von uns tut so was gut.«

Iben servierte den kleinen Imbiss am Couchtisch. Sie blieb einen Moment stehen. Wie schön war es doch, wenn die Mutter nicht da war. Keine umgekippten Gläser. Keine plötzlichen Liebeserklärungen. Keine heftigen Weinkrämpfe. Keine Überraschungen. Nur Ruhe und Frieden und Vorhersagbarkeit.

Genau so sollte eine Familienweihnacht sein.

»Nein, bleib sitzen, Vater.« Louise stand auf. Sie trug das schmutzige Geschirr nach draußen, und Iben sah ihren Vater an. Räusperte sich.

»Ist Mutter …?« Sie zog eine kleine Grimasse.

»Du weißt, wie es ist.«

»Ja.«

»Sie ist, wie sie ist.«

»Und du denkst nicht, wir sollten …«

»Wir kriegen sie nicht dazu, wieder zu diesen Treffen zu gehen. Sie hat sie gehasst.«

»Ja, aber …«

»Lass sie jetzt ein bisschen schlafen. Wir haben es doch nett, oder?«

»Ja schon.«

Sie saßen eine Zeit lang da, ohne sich anzusehen. Hinter ihnen wurde Klein-Simba dazu verleitet, den Tod seines Vaters zu verursachen. Die Jungen saßen dicht beieinander, die Augen auf den Bildschirm geheftet. Der Teller mit den Häppchen stand unangerührt auf dem Couchtisch.

Louise steckte den Kopf herein. »Iben, kommst du mal kurz?«

Iben war gleich auf den Beinen. »Komme sofort.«

Der Vater sah sie an. »Soll ich nicht …?«

»Nein Vater, bleib nur sitzen und ruh dich ein bisschen aus. Wir haben alles im Griff.«

»Du bist doch Papas Beste.«

Iben lächelte ihm zu und ging in die Küche.

Louise zog die Tür hinter ihr zu. »Wann hast du das letzte Mal mit Mutter gesprochen?«

»Das weiß ich nicht ... ein paar Tage vor Weihnachten, glaube ich.«

»Konntest du sie Heiligabend auch nicht ans Telefon kriegen?«

»Nee. Sie war wohl beschäftigt.«

»Ja, hoffentlich war es nur das.«

»Was meinst du?«

»Wie hat sie sich angehört, als du das letzte Mal mit ihr gesprochen hast?«

»Keine Ahnung.« Iben betrachtete die Käseplatte, die mit Haushaltsfolie bedeckt bereitstand. »Wohl so wie immer.«

»Also stockbesoffen.«

»Ach, vielleicht nicht direkt ... sie war etwas beschwipst, ja.« Iben richtete ihren Blick auf die große Schwester. »Aber müssen wir unbedingt jetzt darüber reden? Sollten wir nicht versuchen, es uns etwas gemütlich zu machen?«

Louise lehnte sich mit dem Hintern gegen die Küchentischkante und verschränkte die Arme. »Ich glaube, er hat sie endlich umgebracht.«

»Wovon sprichst du?«

»Ja, nicht dass man es ihm verdenken könnte. Es muss für ihn die Hölle sein, tagein und tagaus mit diesem besoffenen Apparat zusammenzuleben.«

»So schlimm ist es nun auch wieder nicht.«

»Iben, du Heuchlerin. Du musst jetzt nicht kommen und behaupten, du könntest dich nicht mehr daran erinnern, wie es ist: wenn sie sich so richtig entfaltet, meine ich.«

Ibens Hand schnellte unwillkürlich zu der Narbe an der Augenbraue hoch. »Nein, aber ...«

»Wer, glaubst du, muss nun herhalten, jetzt, wo sie alleine sind?«

»Louise, ich ...«

»Die Tür ist abgeschlossen.«

»Was meinst du?«

»Die Schlafzimmertür. Sie ist abgeschlossen. Und wenn man anklopft, antwortet keiner.«

»Sie ist wohl betrunken, Louise. Du weißt doch, wie sie ...«

»Sie liegt da drinnen und ist tot, Iben. Das ist doch logisch. Warum sollte Vater sonst so ... entspannt sein? Wie lange ist das her?«

»Als könnte er entspannt sein, wenn er gerade seine Frau umgebracht hätte. Das kannst du mir nicht ...«

»Er ist glücklich, weil er weiß, dass er ihre miesepetrige Visage nie wieder sehen muss.«

»Wie kannst du so etwas nur sagen, Louise? Du bist wirklich ...«

»Worüber tuschelt ihr?« Keld steckte den Kopf zur Küchentür herein. »Lasst ihr euren alten Vater an einem hochheiligen zweiten Weihnachtstag alleine herumsitzen?«

»Aber nein.« Louise riss die Folie von der Käseplatte. »Hier Vater, nimm das mit rein, sei so lieb. Und du kannst die Cracker nehmen, Iben.«

»Aber meinst du nicht, wir sollten ...?«

»Rein mit euch. Ich komme in zwei Sekunden nach. Fehlen da drinnen noch Getränke?«

»Wie war eigentlich der Weihnachtsabend bei euch beiden, Vater?«, fragte Iben.

»Gut, gut«, sagte Keld, den Blick auf die Emmentaler-Streifen gerichtet, die er gerade auf seinen Teller hinüberbalancierte. »Du musst unbedingt den Schafskäse probieren«, sagte er. »Der Käsehändler hat gesagt, dass …«

»Also hattet ihr es nett zusammen?«

Er räusperte sich. »Ja, doch, das hatten wir.«

»Was habt ihr gegessen?«

Keld sah sie an. »Also, Iben, Schätzchen. Was sollen die ganzen Fragen?«

»Allgemeines Interesse, Vater. Was habt ihr euch zu Weihnachten geschenkt?«

»Wir haben ja alles, was wir brauchen.«

»Dann habt ihr dieses Jahr die Geschenke ganz ausfallen lassen?«

Keld zog eine Augenbraue hoch. »Mir gefällt dein Ton nicht.«

»Ich wollte nicht … Ich frage ja nur.«

Er legte das Käsestück hin. Holte tief Luft. »Mutter und ich haben Entenbraten und Rotkohl gegessen. Die Soße war selbst gemacht, aber den Ris à l'amande haben wir dieses Jahr fertig gekauft. Es gab kein Mandelgeschenk. Wir haben uns über die Geschenke von dir und Louise gefreut. Und über Emils Zeichnung selbstverständlich. Dann haben wir uns eine Folge ›Die Leute von Korsbæk‹ auf DVD angesehen. Und das war der ganze Abend.« Er schnappte nach Luft und lächelte schief. »Wolltest du noch mehr wissen?«

Iben konnte fast nicht sprechen, der Kloß im Hals war zu groß. »Vater«, sagte sie. »Es gibt keinen Grund …«

Er sah sie einen Moment an. »Nein«, sagte er. »Gibt es nicht. Entschuldige.« Tätschelte ihr die Hand. »Das ist alles nicht so einfach.«

Louise kam mit drei kalten Weihnachtsbieren und einer halben Flasche Linie-Aquavit herein. »Hier«, sagte sie. »Seht mal, was ich in die Finger gekriegt habe. Er ist etwas warm, aber egal. Wir brauchen doch Schnaps zum Käse.«

Keld runzelte die Augenbrauen. »Wo stand der? Ich habe doch nicht ...«

»Ich habe ihn von der Nachbarin geliehen.«

»Louise.«

»Ich habe gesagt, er ist für uns drei. Nur damit sie nicht denkt, dass ...«

»Ich wünschte, du hättest das sein lassen.«

»Hier, Vater. Ex und hopp. Skål!«

»Was ist, Jungs? Ist der Film zu Ende?« Keld hatte nach dem dritten Klaren Farbe auf die Wangen bekommen.

»Ja.« Anton lehnte sich an seine Mutter. Er wurde immer so anhänglich, sobald er sich nur ein bisschen langweilte. »Hast du vielleicht Nutella?«

»Ich habe etwas, das ist viel besser«, sagte Keld und stand auf. »Kommt beide mit in die Küche.«

»*Not too much chocolate, Dad.*« Iben sah ihn an. »*Remember last year? He was sick all night.*«

»Es ist ja nur einmal Weihnachten im Jahr.«

»Du kannst es gleich lassen, Iben«, sagte Louise. »Er macht sowieso, was er will.«

»Ja, aber ...«

»Pst«, sagte die große Schwester, sobald der Vater und die Kinder außer Hörweite waren. »Das mit dem Schnaps war nur ein Vorwand. Ich war draußen im Vorgarten, um durch das Schlafzimmerfenster zu schauen. Frau Iversen kam auf dem Fußweg vorbei und da habe ich die Gelegenheit genutzt ...«

»Was meinst du? Die Gelegenheit für was?«
»Ja, um sie nach Mutter zu fragen natürlich.«
»Also Louise.«
»Pst. Hör zu. Es muss doch irgendwelche Vorteile haben, dass sie so dicht nebeneinander wohnen in diesen kleinen Reihenhäusern … Frau Iversen hat Mutter seit dem Vorweihnachtstag weder gesehen noch gehört. Da haben sie einander beim Schlachter gegrüßt.«
»Das muss nichts heißen …«
»Hör zu. Am gleichen Abend, also am Vorweihnachtsabend, da hat sie jede Menge Krach von hier drinnen gehört. Sie hat Vaters Stimme gehört, aber Mutter hat am lautesten geredet.«
»Das macht sie doch so oft, Louise.«
»Halt mal den Mund. Mutter brüllte, und dann wurde es ganz still. Und kurz danach waren da Geräusche, als ob jemand hier drinnen die Möbel verrückte.«
»Mutter hat sich die Kante gegeben, Mutter hat herumgezetert, Mutter ist auf die Bretter gegangen, Vater hat hinter ihr aufgeräumt. Hört sich das nicht nach einem ganz normalen Abend in unserer Familie an?«
»Du versuchst das zu bagatellisieren.«
Iben zuckte die Schultern ohne zu antworten.
»Keiner hat sie seitdem gehört oder gesehen«, fuhr Louise fort. »Und Frau Iversen ist noch dazu die ganzen Weihnachtstage über zuhause gewesen, weil ihr Rücken sie immer noch quält.«
Iben sah ihre Schwester an. »Vielleicht hatte Mutter einfach keine Lust rauszugehen. Die ganzen Weihnachtstage über war Dreckwetter.«
»Ach, jetzt hör doch verdammt noch mal auf damit, Iben. Es kann gut sein, dass wir eine Erklärung dafür finden, warum Mutter von niemandem gesehen wurde.

Aber dass sie von niemandem gehört wurde? Das muss das erste Mal in ihrem Leben gewesen sein, dass das passiert ist.«

»Schon, aber ...«

»Selbst wenn sie schläft, macht sie Krach. Das weißt du doch! Sie schnarcht wie ein Rockerfürst. Habe ich nicht recht?«

»Schon.«

»Aber hast du heute schon mal an der Schlafzimmertür gelauscht? ... Na, aber ich. Mehrere Male. Und es ist ganz still. Totenstill.«

»Seht, was Anton und Emil bekommen haben.« Keld strahlte. »Ein kleines Extrageschenk vom Opa«, sagte er. »Und von Oma, natürlich.«

»Ein Nintendo!« Anton schwenkte ein quietschgrünes Ding über seinem Kopf hin und her, als gäbe er jemandem, der sehr weit weg stand, Zeichen. Sein etwas jüngerer Cousin machte die Bewegung mit seiner blauen Konsole nach. Beide Jungen grinsten wie die Honigkuchenpferde.

»Aber Vater ... Das ist viel zu viel.« Louise war die Erste der beiden Schwestern, die ihre Sprache wiederfand. »Sie haben ihre Weihnachtsgeschenke doch schon bekommen.«

»Enkel müssen verwöhnt werden«, sagte Keld nur und sah den beiden Jungen lächelnd nach, wie jeder mit seinem Spielgerät auf dem Weg zum Sofa war. »Sie sagen, sie wissen, wie man damit umgeht.«

»Das wissen sie ganz bestimmt«, sagte Iben. »Ich glaube, Emil ist der Letzte in der Vorschulgruppe, der noch keinen hatte.«

»Anton hat tatsächlich vor ein paar Monaten einen

Nintendo bekommen«, sagte Louise. »Aber er hatte ihn nur ein paar Wochen, dann hat er ihn im Zug liegen lassen, also ...«

Louise und Iben wechselten einen Blick.

»Vater«, sagte Iben. »Wir müssen mit dir reden.«

»Soll ich uns nicht eben eine Kanne Kaffee machen?«

»Nein, das kann noch etwas warten«, sagte Louise. »Setz dich mal hin.«

Er sah erst sie an, dann Iben. Wurde ernst. »Was ist los?«

»Was hat Mutter eigentlich?«

»Sie ... Sie hat solche Kopfschmerzen bekommen, und dann ...«

»Wann?«

»Heute Vormittag. Sie richtete gerade das Essen her.«

Louise unterbrach ihn. »Sie war wohl stockbesoffen?«

»Sprich ordentlich über deine Mutter.«

»Warum ist die Tür zum Schlafzimmer abgeschlossen?«

»Ist die abgeschlossen? Aber du glaubst doch nicht, dass ... Das muss sie selber gemacht haben. Um ihre Ruhe zu haben. Was meinst du?« Keld starrte Louise an.

»Du willst uns erzählen, dass Mutter total nüchtern in der Küche herumgelaufen ist und das Weihnachtsessen vorbereitet hat, dass sie plötzlich krank geworden ist, und dass sie daraufhin – immer noch völlig nüchtern – ins Schlafzimmer gegangen ist, die Tür abgeschlossen hat und ins Bett gegangen ist?«

»Ja.«

»Wann hast du das letzte Mal erlebt, dass Mutter es vorgezogen hat, alleine im Schlafzimmer zu liegen, während es im Wohnzimmer Alk und Gesellschaft gab? So krank ist sie doch noch nie gewesen, Vater.«

Keld war aufgestanden. Die zarte Schnapsröte war verschwunden, und sein Gesicht war starr vor Wut. »Was willst du damit ... Sie ist krank, das sag ich doch.«

»Wenn sie so krank wäre, dass ihr ein flüssiges Weihnachtsessen egal ist, dann wäre sie wirklich ernsthaft krank. Geradezu ›ruf-den-Notarzt-an-damit-er-einen-Krankenwagen-vorbeischickt‹-krank ... Aber du wirkst nicht gerade besorgt.«

»Ich weiß nicht, was du damit ...«

»Wenn Mutter da drin ist, warum kann man sie so gar nicht hören? Du weißt doch besser als jeder andere, wie laut sie schnarcht.«

»Was willst du damit sagen?«

»Mir wäre es am liebsten, wenn du es selber sagen würdest, Vater. Uns wäre das am liebsten, nicht wahr, Iben?«

»Was sagen?«, fragte Keld.

»Was passiert ist.«

»Ich habe keine Ahnung, wovon du redest.«

»Vater.« Iben ging zu ihm und legte den Arm um ihn. »Wir wollen doch nur sagen, dass wir auf deiner Seite sind. Wir stehen das zusammen durch. Du und ich und Louise.«

»Ich kriege sie nicht dazu, wieder mit dem Programm anzufangen.«

»Vater ...«

»Sie sagt, das ist erniedrigend.«

»Vater, zum Teufel.« Louise unterbrach ihn wieder. »Du kannst mit der Komödie endlich aufhören. Wir wissen, was passiert ist.«

»Nein, jetzt ist es genug.« Keld riss sich von Iben los

und stand frontal vor seiner ältesten Tochter. »Jetzt ist Schluss damit.« Er drehte sich auf dem Absatz um und ging zur Haustür.

»Du kannst doch jetzt nicht gehen«, sagte Louise, die ihm nach draußen gefolgt war.

»Ich brauche nur etwas Luft.« Keld zog sich seinen Daunenmantel an und die Mütze über die Ohren. Kurz darauf schlug die Tür hinter ihm zu.

»Was willst du eigentlich von ihm?«

Louise schenkte sich noch einen Klaren ein und schüttete ihn auf Anhieb runter. »Dass er gesteht, selbstverständlich. Er soll zugeben, dass er Mutter umgebracht hat.«

»Und was dann?«

»Ist es nicht an der Zeit, dass in dieser Familie mal Klartext geredet wird?«

»Willst du ihn anzeigen?«

»Bei der Polizei? Nein, zum Teufel. Im Gegenteil.«

»Was meinst du?«

Louise sah ihre kleine Schwester mit einem Ausdruck an, der fast zärtlich war.

»Du hast es selber bereits gesagt. Wir stehen das zusammen durch. Wir drei.«

»Ich verstehe immer noch nicht …«

»So ist es doch immer gewesen, oder? Wir drei gegen sie. Ich werde wohl nie verstehen, warum er all die Jahre über bei ihr geblieben ist.«

»Vielleicht haben sie ein phantastisches Sexleben.«

»Igitt.« Louise schüttelte kichernd den Kopf. »Das will ich mir gar nicht weiter ausmalen!«

»Ich habe immer noch nicht verstanden, was du willst.«

Louise warf einen Blick hinüber zu den Jungen, die Seite an Seite auf dem Sofa saßen, voll konzentriert auf ihre Nintendos. Sie lehnte sich nach vorn, sodass Iben den Schnaps in ihrem Atem riechen konnte. »Wir müssen die Leiche loswerden.«

Sie klopften noch einmal an die Schlafzimmertür. Louise rief auch nach ihrer Mutter. Laut. Aber es kam immer noch keine Reaktion.

»Konnte man durch das Fenster gar nichts sehen?«, fragte Iben.

»Nein. Die Rollläden sind fest geschlossen.«

Sie gingen in die Küche. Iben stellte die Kaffeemaschine an. »Ich kann das nicht leiden, dass wir versuchen, Vater zu einem Geständnis zu zwingen, wo wir uns nicht hundert Prozent sicher sind, dass sie überhaupt tot ist.«

Louise sah sie an. »Was schlägst du vor, sollen wir machen?«

»Einen Schlüssel für diese Tür finden. Vielleicht passt der Badezimmerschlüssel.«

Keiner der übrigen Schlüssel im Haus passte. Aber wenigstens eines bewies dieses Manöver: Der Schlüssel zum Schlafzimmer steckte nicht im Schloss.

»Also ist die Tür nicht von innen verschlossen«, sagte Louise.

»Das wissen wir genau genommen nicht. Sie kann abgeschlossen und den Schlüssel abgezogen haben. Vielleicht liegt er auf dem Nachttisch.«

»Iben.«

»Okay, okay. Das hört sich vielleicht etwas schwachsinnig an, aber ...«

Louise ging und holte die Schnapsflasche und ihr Glas. Währenddessen blieb Iben noch kurz vor der

Schlafzimmertür stehen und lauschte. Ihr schien mit einem Mal, als könne sie einen schwachen Duft von ... etwas Ekligem wahrnehmen. Etwas Verrottetem. Vergessene Mülltüte nach vierzehn Tagen Sommerferien. Aber der Geruch verschwand genauso schnell, wie er gekommen war. Vielleicht war es auch nur Einbildung.

Eine halbe Stunde später war der Vater noch immer nicht zurückgekehrt. Iben hatte den Tisch abgeräumt und angefangen, das Geschirr zu spülen. Plötzlich hielt sie mitten in einer Bewegung inne. »Louise? Schau mal kurz ...«

»Was?« Louise hatte sich am geöffneten Fenster gerade eine Zigarette angezündet. Sie schwankte etwas, als sie sich zu ihrer kleinen Schwester umdrehte. »Was ist?«

»Schau.« Iben deutete. Es steckten nur zwei Messer in dem massiven Buchenholz-Messerblock, der aber Platz für sechs bot. Auf dem Küchentisch lagen die Messer, die für die Zubereitung des Essens verwendet worden waren: ein Kräutermesser, ein Brotmesser, ein Fleischmesser. »Es fehlt eins«, sagte sie. »Das Filetiermesser«, stellte sie fest, nachdem sie die Klingen der beiden Messer kontrolliert hatte, die noch an ihrem Platz steckten.

»Liegt es nicht in der Spülmaschine?«

Iben zog erst den oberen, dann den unteren Geschirrkorb heraus. »Nein.«

»Vielleicht fehlt es schon seit Jahren?«

»Vor zwei Wochen war es noch da, als ich Mutter geholfen habe, Fleisch einzufrieren.«

Sie sahen sich an.

»Ich hole Vater«, sagte Louise und warf ihren brennenden Zigarettenstummel aus dem Fenster. »Jetzt müssen wir die Sache hier unter Kontrolle bekommen.«

»Sollen wir nicht erst die Tür aufbrechen?«

»Nein.« Louise zog mit ungeduldigen Bewegungen ihren Mantel an. »Ich will, dass er selber sagt, was passiert ist, bevor wir irgendetwas anderes machen. Wenn wir ihm helfen wollen, dann müssen wir erst klare Verhältnisse schaffen.«

»Weißt du, wo er ist?«

»Wie viele Orte hat man denn zur Auswahl in diesem gottverlassenen Kaff? Er sitzt höchstwahrscheinlich im Centerpub.«

»Wo gehst du hin, Mama?« Anton war in der Tür zum Wohnzimmer aufgetaucht.

»Ich muss nur eben ...«

»Ich will mit.«

»Nein, Anton. Es dauert nur fünf Minuten.«

»Ich will mit.«

»Ich auch«, teilte Emil mit, der jetzt auch mitbekommen hatte, was vor sich ging.

Louise sah Iben an. »Kannst du nicht ...?«

»Vielleicht ist es sogar eine gute Idee, wenn die Jungs ein bisschen an die Luft kommen, Louise. Es kann auch sein, dass Vater etwas ... kooperationsbereiter ist, wenn sie dabei sind.« Louise kniff die Augen zusammen. Wog das Für und Wider ab. »Du hast recht.« Sie wandte sich an die Jungen. »Dann holt rasch eure Sachen, Jungs. Hopp, hopp. Wir gehen raus und suchen Opa.«

Iben räumte weiter auf. Sie genoss die Stille, genoss es, einmal ganz allein zu sein. Sie wusste genau, dass es falsch war, so zu fühlen, während ihre Mutter ermordet nebenan im Doppelbett lag. Aber nichtsdestotrotz war es so. Das Bewusstsein, dass die Mutter keinen von ihnen je wieder würde anrühren können, machte Iben das Herz leicht.

Sie hatten vergessen, die Weintrauben zum Käse zu essen. Iben spülte die Trauben gründlich ab und legte sie in ein Abtropfsieb. Sie steckte eine Traube in den Mund, biss hinein und spürte den kühlen, süßen Saft auf der Zunge. Sie könnten alle zusammen im Wohnzimmer sitzen und es sich mit den Trauben gemütlich machen, wenn … wenn das alles hier überstanden war, dachte sie und stellte das Sieb in die Spüle.

Nachdem die Spülmaschine in Gang gesetzt war, fing sie an, den Küchenfußboden zu fegen. Sie summte still vor sich hin, während sie sorgfältig mit dem Besen in alle Ecken und Winkel ging. Wie oft hatte wohl jemand unter dem großen Vitrinenschrank in der Ecke gefegt? Sie beugte sich nach unten, um mit dem Besen ganz unten drunter zu kommen. Etwas schrammte über den Boden. Sie wiederholte die Bewegung und diesmal konnte sie erkennen, was es war.

Das Filetiermesser. Hier lag es. Es steckte nicht im Körper ihrer Mutter. Erst jetzt ging ihr auf, dass es das war, was sie vor ihrem inneren Auge gesehen hatte. Das, was sie so ganz unpassend erleichtert hatte. Die lange, schlanke Messerklinge, begraben zwischen den Rippen der Mutter; das Herz aufgespießt, die Lunge punktiert, die großen Blutadern durchtrennt. Der schwarze Griff, der aus ihrem steifen, kalten Brustkorb herausragte. Sie hatte wirklich geglaubt, dass das geschehen war. Und der Glaube hatte sie mit Zuversicht erfüllt. Sie hatte sich fast, das wusste sie jetzt, darauf gefreut, wie sie die ganze Logistik um die Beseitigung der Leiche ihrer Mutter herum lösen würden. Gemeinsam. Sie würden es gemeinsam in Ordnung bringen. Nur sie drei. Wir drei.

Iben hatte Tränen in den Augen, als sie sich nach unten beugte und das Messer aufhob. Als sie wieder aufrecht stand, mit dem Messer in der einen und dem Besen in der anderen Hand, sah sie deshalb die Küche durch einen Tränenschleier. Es wirkte fast wie ein Traumgesicht, als eine verschwommene Gestalt in ihrem Gesichtsfeld auftauchte.

»Iben?« Es war die Stimme der Mutter.

Iben ließ den Besen los, wischte sich die Augen mit dem Ärmel und starrte ihre Mutter an. Ruth war aufgestanden. Sie hatte sich sogar angezogen. Die rosa Strickjacke sah einigermaßen sauber aus, die schwarzen Hosen auch. Das Gleiche konnte man allerdings nicht von ihrem kurzen, schwarz gefärbten Haar behaupten, das auf der rechten Seite in fettigen Büscheln abstand. Ihre Haut starrte vor Fett und in einem Mundwinkel verriet ein weißer Rand, dass sie im Schlaf gesabbert hatte.

»Du siehst aus, als sähst du ein Gespenst.«

»Warum hast du nicht aufgemacht, Mutter?«

»Wann?«

»Wir haben geklopft. Und gerufen ...«

»Ich habe geschlafen.« Ruth verlor einen Augenblick das Gleichgewicht, stützte sich auf die Tischkante.

»Sag mal, bist du immer noch besoffen?«

Die Mutter sah sie an. Die Umgebung der Augen war geschwollen, die Augen etwas verschwommen.

»Du hörst dich an wie dein Vater«, sagte sie und im gleichen Moment fiel ihr Blick auf die halb volle Flasche Linie-Aquavit, die Louise auf der Fensterbank hatte stehen lassen.

»Ich brauche einen Kleinen zum Wachwerden«, sagte sie, schraubte den Verschluss von der Flasche und schenkte sich ein. »Prost, du Heulsuse.«

»Vater hat gesagt, du bist krank.«

»Vater!«, äffte Ruth sie nach. »Vater hat dies gesagt, Vater hat das gemacht ... Du hörst dich an wie ein kleines Kind. Ein kleines, flennendes, nach Papa jammerndes Kind.« Sie schenkte sich ein weiteres Mal ein. Leerte das Glas. Richtete wieder ihren verschwommenen, hasserfüllten Blick auf die Tochter. »Ja, heul doch, Iben. Das konntest du schon immer am besten.«

Mit einem Mal erstarrte sie und schlug sich die Hand vor den Mund. Ihre Gesichtsfarbe ging innerhalb weniger Sekunden von Hafergrütze in Magermilch über. Sie schaffte es nicht ganz bis zur Küchenspüle, bevor der Strahl Erbrochenes kam. Ihr sauer stinkender Mageninhalt traf die Tischplatte, den Fußboden, Ibens einen Schuh, ergoss sich über eine Küchenschranktür. Der nächste Schwall besudelte die Spüle, die Iben gerade gescheuert hatte und legte sich wie eine verdorbene, ätzende Schicht über die frischen, grünen Weintrauben in dem Sieb. Ruth hing über der Spüle und brüllte hemmungslos, jedes Mal wenn sich ihr Magen in einem neuen Krampf entleerte.

Iben tat nichts, um zu helfen. Sie stand mit ein paar Metern Abstand einfach da und betrachtete ihre Mutter. Die nackten Beine in den Hausschuhen, die tiefen Risse in der dicken, grauen Haut auf ihren Fersen. Den knochigen Rücken, der sich im Rhythmus der Krämpfe hob und senkte. Die rechte Hand, die sich immer noch an die Schnapsflasche klammerte.

Sie hätte tot sein sollen, dachte Iben. Sie hätte da drinnen liegen sollen, in ihrem schmuddeligen Bett in dem muffigen, dunklen Schlafzimmer. Sie hätte dort liegen und tot sein sollen. Und wir hätten es so schön haben können. Wir drei.

Iben wurde plötzlich bewusst, dass sie das Filetiermesser immer noch in der Hand hielt. Sie sah es an, als hätte sie es nie zuvor gesehen. Den schwarzen Griff, die lange, rasiermesserscharfe Klinge. Sie richtete den Blick wieder auf den Rücken ihrer Mutter. Starrte auf ihr Rückgrat, das sich unter dem dünnen rosa Stoff bewegte. Die Schulterblätter. Der Nacken. Der Hals mit der schlaffen, grauen Haut.

Es war noch nicht zu spät.

Sólrún Michelsen

Der blaue Engel

Der junge Mann steigt aus dem Bus und geht mit großen Schritten auf den Marktplatz zu. Er bleibt stehen, lächelt. Das ist alles, was ihm geblieben ist.

Er scheint glücklich zu sein. Das Wetter zeigt sich von seiner besten Seite und der Platz ist voller Menschen, die an kleinen Tischen sitzen und es sich gut gehen lassen. Essen und trinken. Ihr Stimmengewirr und die Musik verweben sich zu einem Klangteppich voller Leben und Zufriedenheit.

»Vereint in einer höheren Einheit«, erinnert er sich und muss wieder lächeln.

Er zwängt sich zwischen den Tischen hindurch, dorthin, wo es am vollsten ist, und schaut sich um. Kein freier Stuhl.

Er bleibt stehen, bis er sieht, wie ein Mann aufsteht und weggeht, und es gelingt ihm, sich auf dessen Stuhl zu setzen, bevor einer der anderen beiden, die auch warten, es bis dorthin geschafft hat. Sie sehen ihn etwas vorwurfsvoll an, aber er zuckt nur mit den Schultern und setzt sich bequem zurecht.

Er schaut auf seine billige Armbanduhr. Noch eine halbe Stunde. Doch lieber das, als zu spät zu kommen. Er spürt, wie sich sein Magen zusammenzieht.

Eine dieser vielen jungen Kellnerinnen kommt an seinen Tisch und sieht ihn fragend an. Sie ist blond mit blauen Augen. Kalten, blauen Augen.

Er starrt sie an, und sie fragt ungeduldig, was er haben möchte. Dieses alte Gefühl nagt an ihm.

Immer diese Verachtung. Warum sind die Leute anderen gegenüber so unfreundlich? Oder hat er vielleicht etwas an sich, das sie dazu bringt, sich ihm gegenüber so zu verhalten?

»Ein Glas Wasser mit Eis«, antwortet er kurz und wendet sich dann wieder von ihr ab.

Sie ist gleich wieder da. Er wirft ihr ein paar Münzen hin und leert das Glas in schnellen Zügen. Ihm ist warm, doch er kann die Jacke nicht ausziehen. Wieder schaut er auf die Uhr. Die Zeiger haben sich kaum bewegt. Er fährt sich mit den Händen durch das bleiche, kurzgeschnittene Haar und setzt sich aufrecht hin.

Er blinzelt direkt in die Sonne und sieht einen blauen Engel mit einer Binde vor den Augen vor einem Spiegel sitzen. Der Engel streicht mit den Fingern über die Spiegeloberfläche.

Der junge Mann fühlt sich unwohl, unruhig rutscht er auf dem Stuhl hin und her und schaut sich um. Ist er eingenickt?

Was kein Wunder wäre, nachdem er in letzter Zeit so wenig geschlafen hat. Hat nur dagelegen, gewartet und sich gedreht, und erst gegen Morgen ist er für eine Weile eingeschlafen. Aber jetzt ist nicht der Zeitpunkt, um zu schlafen.

Er starrt vor sich hin und merkt, dass ihm übel wird. Mit dem Handrücken wischt er sich den Schweiß vom Gesicht. Vielleicht sollte er um noch so ein Glas Wasser bitten, doch da fallen ihm die kalten, blauen Augen ein. Nein. Er setzt sich lieber ordentlich hin und lächelt.

In weniger als einer halben Stunde wird sie dran glauben müssen. Sie als Erste.

Er stellt sich vor, wie sie auf ihn zukommt und ihn anspricht. Wie er sie auffordert, sich auszuziehen. Ein Kleidungsstück nach dem anderen, während er zuguckt. Ihm wird noch heißer und er merkt selbst, dass er wie angeturnt wirkt und faltet schnell die Hände im Schoß. Er schüttelt den Kopf und schaut hoch in den blauen Himmel.

Und das ist erst der Anfang, denkt er.

An einem der Nachbartische sitzt eine junge Frau mit zwei kleinen Jungs. Sie lächelt ihm zu.

Er erwidert ihr Lächeln. Sie ist dunkelhaarig, mit braunen, warmen Augen. Auch die Kinder haben braune Augen. Die Jungs spielen mit einem Ball.

Wieder dreht sich sein Magen um.

Er hat eine ältere Schwester. Auch sie hat zwei Jungs, mit denen er oft gespielt hat.

Er und seine Schwester, sie haben früh ihre Eltern verloren, und sie war wie eine Mutter für ihn gewesen. Er hat sich immer mit der Einsamkeit ausgekannt. Anders, fremd. Unvollständig.

Er ist nie mit einem Mädchen aus gewesen. Hat sich nie getraut, auch nur an eine zu denken.

Ihm sinkt der Kopf auf die Brust. Er seufzt, ermahnt sich aber selbst, dass jeder Hass verschwindet. Jetzt soll ein neues Leben anfangen, und alles wird anders.

Hier ist es so heiß in der Sonne. Er schließt die Augen, während er betet.

Jetzt ist der Engel nicht mehr blau, sondern feuerfarben. Er hat sich die Binde von den Augen gezogen und ist mit etwas in heftigem Streit, es scheinen Wellen zu sein, die in alle Richtungen brechen.

Ein Ball landet auf seinem Schoß, und prallt locker wieder von ihm ab. Einer der Jungen vom Nachbartisch steht vor ihm. Sagt nichts, sieht aber etwas ängstlich aus.

Der Mann lehnt sich zurück und lächelt. Er streckt die Hand aus, um die dichten Locken des Jungen zu streicheln, hält jedoch inne. Er hat sich doch gerade erst die Hände gewaschen. Der Junge sieht seinem Neffen ähnlich. Er fragt ihn stattdessen, wie er heißt.

Der Junge antwortet schüchtern: »Salik«, und bückt sich nach dem Ball, der zwischen die Tische gerollt ist.

»Salik«. Er lächelt ein sonderbares Lächeln. Ein kleiner Namensvetter.

Er wendet sich von ihm ab und schaut über den Platz. Es ist brütend heiß. Kein Schatten. Er spürt, wie ihm der Schweiß den Rücken hinunterläuft.

Um die Zeit verstreichen zu lassen, zählt er die Leute, die um ihn herum auf dem Platz sitzen und mustert alles genau. Dann schaut er wieder auf die Uhr.

Und der blaue Engel mit der Binde vor den Augen hält seine Hände über den Platz, als wollte er ihn beschützen, doch der junge Mann mit den Schweißtropfen auf der Stirn scheint ihn nicht zu sehen. Er schließt die Augen und streckt die eine Hand zweiundsiebzig dunkeläugigen Jungfrauen entgegen, die nun auf dem Weg zu ihm sind.

Die andere Hand schiebt er unter die Jacke und murmelt: *Allahu akbar*.

Gretelise Holm

Liebe.com

Er langweilt sich auf seinen Reisen und sie führt eine unglückliche Ehe. Im Internet verlieben sie sich tödlich ineinander.

Auszug aus der Korrespondenz zwischen Julia273 und Romeo5 im Single-Chat www.liebe.com, November und Dezember 2010:

8. 11. 2010 Von: Romeo5 An: Julia 273:
»Liebe Julia273! Dein spärliches Profil weckt meine Neugier. Wer bist du?«

Von: Julia273 An: Romeo5:
»Das frage ich mich selbst auch oft.«

Von Romeo5:
»Hmm. Philosophisch betrachtet, kenne ich mich auch nicht in- und auswendig, doch auf den ersten Blick bin ich ein Mann in den Vierzigern, der sich in diesem Moment im Single-Chat von DSB 1 umtut. Vor allem aus Neugier und um die Zeit auf meinen Reisen totzuschlagen bin ich in diesem Chat. Ich arbeite in der Unterhaltungsbranche, könnte man sagen, und bin viel unterwegs. Ich habe meine Gründe, meinem Profil kein Foto beizufügen, aber ich sehe verdammt gut aus. ☺ Jetzt bist du an der Reihe, etwas von dir preiszugeben.«

Von Julia 273:
»Ich bin vor allem hier, um zu träumen. Das ist wohl auch die Hauptfunktion der diversen Single-Chats. Man verschafft sich gegenseitig schöne Träume. Du bist ein 68-jähriger stark übergewichtiger, schwabbeliger, schlecht riechender Sozialhilfeempfänger, der sich nicht aus seiner jämmerlichen Wohnung hinausbewegen kann, doch in meiner Fantasie bist du bereits zu einem Star auf Tournee geworden. Lass uns einfach weiterspielen.«

Von Romeo5:
»Meine Güte bist du kritisch und kopfgesteuert. Gibst du Träumen nie eine Chance? Ich wiege 85 Kilo und bin 1,91 groß. Sehe richtig gut aus und habe ein super Jahreseinkommen. Wie siehst du aus? Ich kann dich wohl nicht dazu überreden, ein Foto hochzuladen? Es ist eine glatte Lüge, wenn Männer sagen, dass das Aussehen keine Rolle spielt.«

Von Julia273:
»Ich gebe dir mein Wort, dass ich atemberaubend gut aussehe. Ich lebe sozusagen von meinem Aussehen.«

Von Romeo5:
»Das klingt verrucht.«

Von Julia273:
»Es gibt viele Arten von Prostitution und einige davon sind recht respektabel.«

Von Romeo5:
»Bist du verheiratet?«

Von Julia273:
»Darüber könnte man streiten, aber juristisch gesehen ja.«

Von Romeo5:
»Dann gebe ich es auch zu. Ich bin seit über 20 Jahren verheiratet und es läuft so einigermaßen, wenn man einmal davon absieht, dass meine Frau ein paar psychische Probleme hat, die sie nicht zugibt. Und nun ja, Sex haben wir schon lange nicht mehr miteinander gehabt.

Also, jetzt kennen wir beide uns seit über einer Woche und ich habe nur bei unwichtigen Nebensächlichkeiten gelogen. Sollten wir nicht langsam damit anfangen, uns etwas mehr von unserem jeweiligen Leben zu erzählen? Wir riskieren doch nichts, solange wir die Anonymität wahren. Wie ist deine Ehe?«

Von Julia273:
»Grauenhaft. Mein Mann ist ein typisches machtgeiles, psychopathisches Alphatier. ☺«

Von Romeo5:
»Du Arme. Mit diesem Typ habe ich auch hin und wieder zu tun. In meiner Branche gibt es einige davon. Ich hasse und verachte sie und tue, was ich kann, sie zu meiden oder sie in ihre Schranken zu weisen. Denkst du an Scheidung?«

Von Julia273:
»Eine Scheidung kommt aus mehreren Gründen nicht infrage. Hast du selbst einmal daran gedacht?«

Von Romeo5:
»Nein. Wie bereits erwähnt, läuft meine Ehe irgendwie und mehr erwarte ich auch nicht. Meine Frau und ich profitieren voneinander. Für Sex findet sich immer eine aushäusige Lösung. Ich muss nur vorsichtig sein, weil ich ein ganz kleines bisschen bekannt bin. Wie sieht es mit dir aus?«

Von Julia273:
»Unser eheliches Zusammenleben findet ungefähr zweimal im Jahr statt, wenn wir genug getrunken haben. Es fühlt sich falsch an – wie Inzest, weil wir uns so gut kennen. Eigentlich ist man mit seinem Ehepartner viel zu eng verwandt, um Sex mit ihm zu haben, findest du nicht? ☺«

Von Romeo5:
»Mir gefällt dein illusionsloser Humor. Und ich glaube, dass du wirklich die schöne Frau bist, für die du dich ausgibst. Dass du außerdem noch so intelligent bist, ist ein zusätzliches Plus für mich. Sollen wir uns nicht bald einmal in real life treffen? Wagst du, mir zu vertrauen? Ich bin gewillt, dir alle Vorteile einzuräumen, du bekommst die Möglichkeit, unbemerkt zu verschwinden, wenn dir das, was du siehst, nicht gefällt. Wie wäre es zum Beispiel, wenn ich mich mit Shakespeares ›Romeo und Julia‹ gut sichtbar in der Hand vor den Ausgang des Bahnhofs Nørreport stelle? Du bist eine unter hundert Passanten, die vorbeikommen. Wenn du mich entdeckt hast, kannst du stehen bleiben oder weitergehen. Was sagst du dazu?«

Von Julia273:
»Das ist ein akzeptabler Vorschlag, aber ich bin noch nicht so weit, den Schleier fallen zu lassen. Es gibt noch ein paar Dinge, die ich erst ordnen will. Ein paar Schwierigkeiten, die es zu lösen gilt. Eine Beziehung, die geklärt werden muss, könnte man sagen. Ich wage es durchaus, dir zu vertrauen, dass du der bist, für den du dich ausgibst und du gefällst mir auch. Mein Entschluss steht fest, und ich freue mich darauf, dich zu treffen.«

Von Romeo5:
»Es passt mir ausgezeichnet, wenn wir noch etwas warten, weil ich auch noch etwas klären und erledigen muss. Ein paar Überlegungen und Entscheidungen, die anstehen. Du kannst mir glauben oder auch nicht, aber ich habe mich in dich verliebt. In meinen Gedanken spreche ich mit dir und nachts habe ich heiße Träume von dir. Eigentlich bin ich kein romantischer Narr, doch irgendwie bin ich felsenfest davon überzeugt, dass wir füreinander bestimmt sind (verzeih mir das Klischee). Im letzten Monat habe ich über 70 kurze und lange Mails von dir bekommen. Ich habe sie oft gelesen, um mich an deinem Intellekt und deinem Humor zu erfreuen, und mir vorgestellt, wie es sein muss, dich in meinen Armen zu halten (entschuldige nochmals, aber schriftlich fehlt es mir an Originalität!).«

Von Julia273:
»Zugegeben. Ich träume auch von dir und freue mich darauf, dich zu treffen, obwohl ich mir immer wieder sage, dass es verrückt und naiv ist, sich im Netz zu verlieben. Ich bin alt und erfahren genug, um zu wis-

sen, dass die Verliebtheit vor allem im eigenen Kopf stattfindet, aber dadurch wird sie auch nicht weniger obsessiv? Es ist ein großes Glück, wenn die Obsession gegenseitig ist. Ich habe so eine Ahnung, dass wir das gerade erleben. Wenn Weihnachten und Sylvester überstanden sind, bin ich bereit, dich mit Shakespeare am Bahnhof Nørreport zu treffen. Ruhig und gelassen und bereit für dich.«

Von Romeo5:
»Wunderbar. Ich glaube ganz fest, dass die Wirklichkeit dem Traum standhalten wird. Du hast mich mehrmals nach meiner Arbeit gefragt. Ich werde dir davon erzählen, wenn wir uns am 3. Januar treffen. Bis dahin werde ich mich damit begnügen, dir zu sagen, dass ich einen sehr spannenden und befriedigenden Job habe. Mit einer schönen, inspirierenden und klugen Frau an meiner Seite kann ich es bis ganz nach oben schaffen. Endlich habe ich wieder Träume.«

Von Julia273:
»Ja, wir warten damit, uns unsere Geheimnisse zu erzählen, bis wir uns treffen und davon überzeugt haben, dass unsere Träume voneinander in Erfüllung gegangen sind. Davon einmal abgesehen, halte ich nichts davon, dem anderen jede Kleinigkeit zu erzählen. Es muss noch ausreichend Geheimnisse und Mystik geben, dass die Spannung über viele Jahre erhalten bleibt, finde ich.«

Von Romeo5:
»Finde ich auch. Mir geht es gut damit, dass wir uns beide mit konkreten Informationen zurückgehalten ha-

ben und im Fall einer gemeinsamen Zukunft wollen wir die Gefühle doch auch nicht zerreden. Du bist wirklich erfrischend anders als die meisten Frauen. Ich freue mich unbändig, dich zu treffen.«

Zu Hause bei Julia273 zwischen Weihnachten und Silvester 2010:

»Was die Gesellschaft heute Abend angeht: Zieh das schwarze Kleid an, lächle viel, aber sag so wenig wie möglich, dann blamierst du dich auch nicht«, sagte er und schloss ohne ein Abschiedswort die Tür hinter sich.

Sobald er gegangen war, legte sie sich ins Bett und verkroch sich bis zum Kinn unter der Decke, während sie Bilanz zog: Zuerst war da die Verliebtheit gewesen. Wie lange? Ungefähr ein Jahr, soweit sie sich erinnerte. Dann hatte über einige Jahre ein gewisses Zusammengehörigkeitsgefühl bestanden, das sich mit etwas gutem Willen als Liebe bezeichnen ließ. Darauf folgten die Streitereien, der Krieg, der Überdruss, die Verachtung und der Ekel. Acht bis zehn Jahre mit negativen, aber zumindest lebendigen Gefühlen füreinander. Besser als der gefühlsmäßige Tod und die Kälte, die ihre Ehe während der letzten fünf bis zehn Jahre geprägt hatten.

Als hätten sie ein stillschweigendes, gegenseitiges Abkommen getroffen, hatten sie sich damit eingerichtet, im Leben des anderen nur geduldet zu sein. Aneinander gebunden aus Gewohnheit und kühler Überlegung. Er hatte das Geld und den gesellschaftlichen Status. Dafür war sie seine Trophäe und ein Teilchen in dem Spiel, das ihn an die Spitze bringen sollte. Eine Scheidung würde beide teuer kommen.

Der Chat mit Romeo hatte sie zutiefst aufgewühlt und darüber nachdenken lassen, ob das Leben wirklich auf bitterer Resignation basieren musste. Ein Mann konnte sowohl sexy als auch tiefsinnig und einfühlsam sein, wie aus Romeos über 200 kleinen Briefen hervorging. Noch nie hatte sie sich mit einem Mann so wohlgefühlt – oder mit einer Frau, was das anging. *Soul mates*. Seelenverwandte, das waren sie.

Natürlich registrierte ihre linke Gehirnhälfte eine gesunde Skepsis. Das Netz betrog und Menschen im Netz betrogen. Doch selbst wenn sich herausstellen sollte, dass Romeo5 ein Betrüger war, hatte ihr die Korrespondenz die Augen geöffnet und sie einen Entschluss fassen lassen. Ihre Ehe hatte keine Zukunft.

Sie stand auf und zog ihre Küchenhandschuhe an. Ging in das Arbeitszimmer ihres Mannes, schaltete seinen Computer ein, schrieb einen Brief, druckte ihn aus und löschte die Datei auf dem Computer. Jetzt hatte sie, was sie brauchte. Einen Abschiedsbrief, von ihm geschrieben.

Zu Hause bei Romeo5 zwischen Weihnachten und Silvester 2010:

Ausnahmsweise versuchte er, seiner Frau etwas von seiner Arbeit und seinen Ideen zu erzählen.

»Du hast so viel Rückgrat und Moral, dass ich nur noch kotzen könnte«, kommentierte sie seine Worte.

Er zuckte die Schultern und ging in sein Arbeitszimmer, schaltete den PC ein und mailte Julia273 die letzten praktischen Informationen. Er würde am Montag, den 3. Januar, um 15:00 mit dem ersten Band von Shakespeares gesammelten Werken unter dem rechten Arm an der Treppe zu den S-Bahnen stehen. Er schickte ihr eine echte, vorbehaltlose, vertrauensvolle Liebeserklärung. Er wusste, dass er sich auf dünnem Eis bewegte. Es war leicht, im Netz zu betrügen.

Doch selbst wenn sich Julia273 als Betrügerin erweisen sollte, hatte sie große Bedeutung für ihn gehabt. Ihm war jetzt nämlich vollkommen klar, dass er seine glorreiche Ehe mit einer kalten, ignoranten und boshaften Ehefrau nicht weiter fortsetzen konnte. Irgendwie musste er aus dieser Geschichte herauskommen, ohne seinem Ruf und seiner Zukunft zu schaden.

Silvester 2010:

Sie hatten eine Penthousewohnung mit Aussicht über den größten Teil Kopenhagens und es war eine feste Tradition, dass sie um 24 Uhr auf die Dachterrasse gingen und sich zuprosteten.

»Champagner?«, fragte sie und lächelte.

Ihre Augen glänzten im Rausch. Er hatte ihr während des Abends immer wieder nachgeschenkt. Sie hatte sogar mit ihm geflirtet und er hatte sich zusammennehmen müssen, um sein Unbehagen zu verbergen.

»Am liebsten würde ich auf das neue Jahr mit einem ganz gewöhnlichen Bier anstoßen«, antwortete er jetzt.

»Ich hole dir eins, Schatz«, zwitscherte sie und wackelte auf ihren hohen Hacken davon.

Er trat auf die Dachterrasse hinaus an die Brüstung,

die ungefähr 1,50 Meter hoch war. So betrunken, wie sie war, würde es ein Leichtes sein.

Dann stand sie mit einem schäumenden Glas Bier neben ihm, das er, noch bevor die Uhr Mitternacht schlug, in einem Zug leerte.

»Man sollte doch warten mit dem Trinken, bis es Mitternacht schlägt«, sagte sie und stellte ihr Champagnerglas auf den kleinen Terrassentisch.

»Wow, komm und sieh dir das schöne Feuerwerk an«, sagte er.

Sie lehnte sich gegen ihn und er brauchte so gut wie keine Kraft, um sie um die Taille zu fassen, hochzuheben und über die Brüstung zu werfen. Er war durch den Sport gut durchtrainiert und sie hatte ihr anorektisches Modelgewicht von 45 Kilo gehalten.

Ihr Schrei war kaum verstummt, als er die 112 drückte und mit einer von Weinen und Panik erstickten Stimme berichtete, dass seine Frau von der Terrasse gesprungen war.

Er sah sich um. Nichts wies auf etwas anderes als einen friedlichen und gemütlichen Silvesterabend zu zweit hin. Gutes Essen, gute Weine, ein schönes Zuhause. Er übte seinen ersten Satz:

»Ich verstehe das nicht. Wir hatten es so gut, aber sie war leicht depressiv, hat Psychopharmaka geschluckt und viel im Bett gelegen ...«

Man würde von einer Tragödie sprechen und er könnte sich des öffentlichen Mitgefühls sicher sein.

Ein heftiger Magenkrampf ließ ihn sich krümmen. Waren das die Nerven? Er musste schnell ins Bad, kam aber nur bis in die Diele, wo er zusammenbrach. Sein Körper verbrannte von innen her und bevor er das Bewusstsein verlor, schrie er laut.

Samstag, 1. Januar 2011, Schlagzeile:

Bekanntes Ehepaar fand in der Silvesternacht den Tod

Der Führer der Opposition und vermutliche zukünftige Staatsminister Dänemarks, Søren Buhl, und seine Ehefrau, das frühere Topmodel Jenny Buhl, fanden in der Silvesternacht den Tod. Die näheren Umstände werden noch von der Polizei untersucht.

Gegen Mitternacht rief Søren Buhl den Notarzt an, weil seine Frau von der Dachterrasse ihrer Wohnung gesprungen war, doch als die Rettungskräfte eintrafen, fanden sie Søren Buhl leblos in der Diele. Beim Eintreffen im Krankenhaus war er tot. Eine rechtsmedizinische Untersuchung soll nun Aufschluss über die Todesursache geben.

Jenny Buhl war nach einem Sturz aus 72 Metern Höhe auf der Stelle tot.

Montag, 10. Januar 2011:

Auszug aus dem Protokoll von Polizeirat Frank Greve zum Fall Buhl:

»Søren Buhl starb an einem schnell wirkenden Gift, das er zusammen mit einem Bier zu sich genommen hat. Er hat einen Abschiedsbrief hinterlassen, der jedoch Anlass zur Verwunderung gibt. In dem Brief äußert er sich nämlich dahingehend, dass die Opposition vor einer Wahlniederlage stehe, obwohl die letzten Meinungsumfragen ihr eine klare Mehrheit bescheinigen. Es kann sich demnach um einen doppelten Selbstmord oder um Mord handeln – gefolgt von einem Selbstmord.

Es besteht jedoch noch eine dritte Möglichkeit: In Verbindung mit der Ermittlung wurden die Computer der Verstorbenen durchsucht, wobei wir auf eine seltsame Korrespondenz zwischen diesen gestoßen sind. Beide hatten Profile im selben Single-Chat und haben über einen Zeitraum von knapp zwei Monaten unter den Pseudonymen Romeo5 und Julia273 miteinander korrespondiert.

Wir sind zunächst von einem bizarren ehelichen Rollenspiel ausgegangen, doch die Experten vertreten nach gründlicher Prüfung die Meinung, dass Romeo5 und Julia273 ihre wirklichen Identitäten nicht gekannt haben.

Sowohl Romeo5 als auch Julia273 bringen zum Ausdruck, dass sie ihr Leben neu ordnen wollen, bevor sie sich am 3. Januar treffen. Beide machen einen entschlossenen und zielstrebigen Eindruck ...«

Johanna Sinisalo

Hello Kitty

Ich laufe. Viele laufen falsch. Sie setzen zuerst die Ferse auf dem Boden auf, während man mit dem Ballen auftreten und sich mit der Wade abdrücken soll. Ich beobachte meine Schritte und bemühe mich darum, dass der Bewegungsablauf sich dem Muskelgedächtnis einprägt.

Ich laufe jeden Tag. Das ist eine Methode, den Kopf auf Null zu stellen, an nichts anderes zu denken als an den Atem, die Bewegung der Muskeln und den Schweiß, der mir den Rücken herabrinnt. Ich laufe in einem großen Park, wo ich mir aus den kreuz und quer verlaufenden schmalen Pfaden und Sandwegen unterschiedlich lange Routen mit wechselndem Schwierigkeitsgrad zusammenstelle.

Schon aus einiger Entfernung sehe ich das Mädchen auf einer Bank sitzen. Sie trägt eine für kleine Mädchen typische, die Augen schmerzende Farbkombination: türkis-violett gestreifte Leggins und einen rosa Rucksack. Sie geht vielleicht in die zweite Klasse und ist zu jung, um allein im Park zu sitzen.

Als ich an dem Mädchen vorbeikomme, fällt mir schon nach einem einzigen Blick auf, dass mit ihr nicht alles in Ordnung ist. Das Mädchen sitzt still auf der Bank, ganz eindeutig wartet sie, und das, worauf sie wartet, ist nicht angenehm, so sieht sie aus, als sie auf ihre rosa Armbanduhr schaut.

Ich werfe einen Blick auf meine eigene Uhr, um zu sehen, wie lange ich gelaufen bin und ob ich mit meinem Training in der vorgesehenen Zeit bin. Es ist fast fünf Uhr. Die Schultage von Kindern in diesem Alter dauern höchstens bis zwei. Warum geht sie nicht nach Hause?

Vielleicht steht dem Mädchen eine unangenehme Verpflichtung bevor wie eine Musikstunde oder der Zahnarzt. Vielleicht wohnt sie in einem entfernten Stadtteil, und es hat keinen Sinn, erst noch nach Hause zu fahren?

Meine Beine treten den Kies wie perfekte, unermüdliche Automaten, die Muskeln pumpen, die Arme geben den Rhythmus an, und ich biege, ohne nachzudenken, an der nächsten Kreuzung in einen Weg ein, der mich nach einer zweihundert Meter langen Kurve auf denselben Weg zurückführt, den ich vorhin entlanggelaufen bin.

Jetzt ist sie von der Bank aufgestanden. Langsam, qualvoll zögerlich hebt das Mädchen den Rucksack auf den Rücken. Ein Hello-Kitty-Rucksack, sieh mal an, die ausdruckslos niedliche Katzenfigur sieht mich von der Klappe an. Mit schlurfenden Schritten, den Blick auf den Boden geheftet, macht das Mädchen sich auf den Weg. Zu mir schaut sie nicht herüber, ich bin ihr ebenso gleichgültig wie der in den Bäumen brausende Wind.

Bei der nächsten Steigung, während der Schweiß an mir herabrinnt, geht mir ein Licht auf.

Das Mädchen – nennen wir sie nach dem Rucksack Kitty – erwacht in der Nacht davon, dass sie hört, wie der Vater in der Küche mit lauter und gereizter Stimme sagt, wieso will sie denn hierher, das hat sie doch noch nie, und die Mutter sagt fast weinerlich, man könne doch nicht sagen, das gehe nicht. »Nun denk doch mal nach. Wir müssen das jetzt einfach.«

Kitty steigt aus dem Bett und geht nachsehen, was los ist, und Mutter sagt: »Es ist nichts, Kitty, Vater und Mutter unterhalten sich nur.« Und Mutter setzt sich einen Augenblick zu Kitty ans Bett, streicht ihr über den Kopf, und Kitty schläft wieder ein.

Am nächsten Tag erzählen die Eltern Kitty, dass eine Verwandte zu Besuch komme und etwas länger bei ihnen bleibe, mindestens eine Woche. »Ist das nicht schön?« Die Besucherin heißt Kerttu, und Kitty kann sie Tante Kerttu nennen.

Als Kitty nachfragt, erzählt Mutter, dass Tante Kerttu ihre Pflegemutter sei. Und weil Tante Kerttu so weit weg am anderen Ende von Finnland wohne, habe Kitty sie noch nicht kennengelernt, aber jetzt sei Tante Kerttu ein wenig krank und komme in die Stadt, um sich untersuchen zu lassen, und sie habe sich gewünscht, in dieser Zeit bei ihnen wohnen zu können.

Kitty hat wohl gewusst, dass sie nur eine Omi und einen Opa hat, weil Mutters Eltern bei einem Autounfall ums Leben kamen, noch bevor Kitty geboren war. Aber Kitty hat nicht gewusst, dass Kittys Mutter ein ganz kleines Kind war, als ihre Eltern starben. Kitty hat sich wohl vorgestellt, wenn sie sich überhaupt etwas vorgestellt hat, dass Mutter damals schon groß und erwachsen war und allein zurechtkam, und wenn es auch bestimmt ganz schrecklich ist, wenn die eigenen Eltern sterben und noch dazu gleichzeitig, so ist Mutter damit so umgegangen, wie Erwachsene es tun, klug und beherzt. Sie gehen in irgendein Büro und verschicken E-Mails, und dann ist die Sache in Ordnung, und man kann sie vergessen.

Aber in Wirklichkeit war Mutter noch so klein, dass jemand sich um sie kümmern musste, und Kittys Mutter hatte insofern Glück, als es diese kinderlose Großtante, diese Kerttu, gab, die sie bei sich aufnahm und großzog.

Kitty ist aus der Schule nach Hause gekommen, und dort ist Tante Kerttu. Sie trägt eine Jacke und einen Rock aus steifem grauem Stoff, auf den Handrücken hat sie braune Flecken, und ihre Finger sind knotig und krumm. Kerttu geht gebeugt und ist schlecht zu Fuß, und ihr Hinterteil in dem grauen Rock hat gewaltige Ausmaße. Kerttus Gesicht ist so faltig, dass die Lippen nicht zu sehen sind, und um die Augen herum hat sie Punkte. Kerttus Kopfhaut schimmert durch die dünnen Haare. An den Spitzen sind ihre weißen Haare ein wenig gelockt, aber das verdeckt nicht die Tatsache, dass Kerttu an einigen Stellen fast kahl ist.

Außerdem riecht Tante Kerttu irgendwie unangenehm. Nach Medikamenten und nach Pipi. Kitty reicht ihr die Hand, die klein und rosig ist, und Kerttu drückt sie in ihrer stachelig-trockenen Hand. »Eine so schlaffe Hand darf man nicht geben, hast du denn gar keine Erziehung!«, sagt Kerttu. Ihre Stimme ist hart und rau, und Kitty erstarrt. Sie sieht Vater und Mutter an, aber beide schauen irgendwie beiseite.

Als Kerttu auf das Sofa gesetzt worden ist (das gelingt nur unter vielem Ächzen und Stöhnen und indem Mutter und Vater Kerttu an beiden Seiten stützen), sagt sie: »So ein Sofa ist schlecht, viel zu niedrig«, und wie ein Punkt hinter diesem Satz ploppt etwas aus Kerttus

Mund heraus, weiß und rosa und spuckeglänzend, und zieht sich gleich darauf wieder in den Mund zurück, sodass ein schmatzendes Geräusch zu hören ist. Kitty bekommt einen furchtbaren Schreck.

Sie sieht Kerttu und dann Mutter und Vater an und bemerkt, dass die ebenso verdutzt sind, sie starren Kerttu an wie einen Verkehrsunfall.

Vater räuspert sich. »Wie ist es, nehmen wir ein Glas Sherry?«

»Ich trinke keinen Schnaps!«, schnauzt Kerttu. Und wieder erscheint das Rosa-Weiße, kommt hervorgeschlüpft wie die Zunge einer Schlange in einem Naturfilm, aber jetzt hat Kitty gesehen, dass es eine Reihe von Zähnen ist. Kerttu hat ein künstliches Gebiss, das sie aus dem Mund schiebt und wieder einzieht. Aber warum? Das ist für Kitty gleichzeitig ekelhaft und faszinierend, so als wäre Tante Kerttu wirklich die Schlange in einem Naturfilm.

Am Abend, als Vater sie zudecken kommt und ihr ein Märchen vorliest, fragt Kitty, wie uralt Tante Kerttu eigentlich ist, und Vater sagt, über achtzig. Kitty fragt auch nach den Zähnen, und Vater erzählt, dass, als Tante Kerttu noch klein war, die Kinder nicht so von klein auf zum Zahnarzt gingen wie heute, und dass deshalb viele Menschen im Alter von Tante Kerttu ein künstliches Gebiss haben. Aber nach dem Herausploppen wagt Kitty nicht zu fragen.

Dennoch ist Kitty froh, dass sie nach einigen Dingen wenigstens Vater fragen kann, denn Mutter möchte sie nach Kerttu nicht fragen. Das würde vielleicht zu sehr so klingen, als könnte sie Tante Kerttu nicht leiden. Und sie mag sie ja auch wirklich nicht, Kitty hat Angst vor Tante Kerttu und ekelt sich vor ihr, aber weil Tante

Kerttu beinahe Mutters Mutter ist, wäre es ziemlich schrecklich, wenn Mutter wüsste, das Kitty sie nicht mag. Bestimmt sind auch Beinahe-Mütter den Menschen wichtig, und man darf sie nicht kritisieren.

Während ich mit großen Schritten den Berg hinaufrenne, weiß ich, dass Kitty von Minute zu Minute darauf gewartet hat, dass Vater oder Mutter vor ihr nach Hause kämen, damit sie nicht mit Tante Kerttu allein sein muss. Kitty hat sich schon alles Mögliche zurechtgelegt – dass sie angeblich dem Lehrer nach der Sportstunde geholfen hat, die Bälle einzusammeln und zu verwahren, oder dass sie Santeri aus ihrer Klasse bei den Schulaufgaben geholfen hat. Aber bald fallen ihr keine neuen Gründe für ihre Verspätung mehr ein. Wenn es in der Schule noch das Nachsitzen gäbe, wäre Kitty jedes Mittel recht gewesen, um dazu verdonnert zu werden, denn Tante Kerttu reist erst in vier Tagen wieder ab.

In einem Bogen laufe ich den sanft abfallenden Sandweg entlang und steigere meine Geschwindigkeit. Abwechselnd eine Minute lang das volle Tempo und Intervalle von einer Minute langsamen, entspannten Joggens.

Nun ist es so, dass Kittys sehr beliebte Klassenkameradin gerade heute in der Schule gesagt hat, dass sie mit zwei anderen Mädchen Kitty am Nachmittag zu Hause besuchen kommen könnte. Aber Kitty könnte nie und nimmer eine Freundin hereinbitten, solange Kerttu, die peinlichste aller Tanten, auf dem Sofa ihr künstliches Gebiss raus- und reinschlupsen lässt. Kitty weiß, dass in den Augen der Mädchen, die inmitten von Niedlichkeit und Rosa und süßen japanischen Katzengestalten aufgewachsen sind, die ekelhafte, stinkende Tante Kerttu wie eine gewaltige Warze in Kittys Gesicht wirken würde. Und Kitty kann nicht sagen, dass die Mädchen nicht kommen können, denn dann denken sie bestimmt, dass Kitty nicht mit ihnen befreundet sein möchte.

Die Namen von Kittys Klassenkameradinnen sind sicherlich Sussa und Tetta und Ninna oder so ähnlich. Sie sind für Kitty bisher unerreichbar und nur von ferne zu bewundern gewesen. Kitty hat immer Sussas und Tettas und Ninnas Freundin sein wollen, aber das war schwierig, weil sie Barbie-Häuser und Einhörner aus Plastik mit wehender Mähne haben und Hauskaraoke veranstalten dürfen. Und Kitty hat keine anderen Modesachen als den Hello-Kitty-Rucksack vom Flohmarkt, den Mutter gekauft hat, weil er nur einen Euro kostete, und der deshalb so billig war, weil jemand mit Filzstift etwas daraufgemalt hatte –

Nein, nein! Warum denke ich so? Es kann doch auch so sein, dass auch Kitty all das bekommt, wonach ihr kleines Herz verlangt, dass sie eine große Sammlung zum Beispiel von Hello-Kitty-Sachen besitzt und trotzdem aus irgendeinem Grund in der Randzone von Sussas und Tettas und Ninnas Anerkennung herumwankt, und schon ein kleiner Anlass genügt, um sie endgültig auf die eine oder die andere Seite stolpern zu lassen. Vielleicht entscheiden Sussa, Tetta und Ninna sogar genau in diesem Augenblick, ob Kitty zu Sussas Geburtstag eingeladen werden soll. Vielleicht bringen sie sogar die Einladung mit.

Und Kitty weiß, dass, wenn die Mädchen kommen, Tante Kerttu nie im Leben in ihrem Gästezimmer bleiben wird. Tante Kerttu ist entsetzlich neugierig, sie hat auch Kitty alles Mögliche gefragt, wie zum Beispiel, warum bei der Frau im Nachbareingang fremde Männer ein und aus gehen, und immer, wenn Vaters oder Mutters Telefon klingelt, muss Tante Kerttu sofort wissen, wer angerufen hat und warum.

Kitty betritt die Wohnung, und auch ihr letztes bisschen Hoffnung schwindet, denn Mutters Schuhe stehen nicht im Vorraum, obwohl sie um diese Zeit meistens schon von der Arbeit nach Hause gekommen ist. Bestimmt ist Mutter einkaufen gegangen oder hat etwas anderes zu erledigen, und da hört Kitty auch schon aus dem Gästezimmer die undeutliche Stimme von Tante Kerttu: »Wer ist da gekommen? Bist du das, Kitty?« Und Kitty hört das Bett knarren, als Tante Kerttu anfängt, sich mühsam vom Bett aufzurichten.

Kitty steht ratlos im Vorraum und schaut auf ihre Katzenuhr, die Mädchen können jeden Moment da sein, und Kitty erwägt einen Augenblick lang, ihnen auf dem Hof entgegenzugehen, sie würde sie nicht einmal an der Tür klingeln lassen, aber wie sollte sie ihr Weggehen Tante Kerttu erklären, oder Sussa und Tetta und Ninna, warum sie sie nicht hereinbittet? Kitty würde nicht die richtigen Worte finden, sie ist ebenso mundlos und stumm wie die Hello-Kitty-Figur auf ihrem Rucksack. Und jetzt sieht Kitty durch das Fenster etwas. Sie sieht Sussa und Tetta und Ninna, sie sind in der Ferne im Anmarsch, schon bei dem benachbarten Häuserblock, und Sussa hat in der Hand etwas Rosafarbenes, und Kitty begreift sofort, das muss die Einladungskarte zur Geburtstagsfeier sein, die in einem rosa Umschlag steckt.

Kitty geht ins Gästezimmer, sie geht, obwohl sie

nicht weiß, was sie tun soll, aber sie geht, weil Tante Kerttu jetzt eine Wand zwischen ihr und Sussa, Tetta und Ninna ist und etwas getan werden muss. Kitty sieht Tante Kerttu, die sich vom Liegen zum Sitzen hochquält und die Hand nach der grässlichen, schleimigen rosa Prothese ausstreckt, die in einem Wasserglas neben dem Bett steht, und das Glas ist Kittys Hello-Kitty-Glas. Das hat Vater ihr aus Japan mitgebracht. Tante Kerttu hat es ohne Erlaubnis aus dem Geschirrschrank genommen.

Plötzlich weiß Kitty irgendwie ganz außergewöhnlich klar, dass Tante Kerttu nicht mehr lange leben wird. Tante Kerttu ist uralt und morsch, und Kitty nimmt ein Kissen – davon gibt es im Bett eine ganze Menge, weil Tante Kerttu viel Unterstützung braucht, um in dem tragbaren Fernseher ›Emmerdale‹ und ›Zeit der Sehnsucht‹ zu gucken. Kitty drückt das Kissen auf Tante Kerttus Gesicht, und Tante Kerttu fällt rücklings aufs Bett. Kitty ist klein und nicht besonders stark, aber sie klettert auf das Kissen und setzt sich mit gespreizten, in den gestreiften Leggins steckenden Beinen darauf und drückt mit den Schenkeln das Kissen gegen Tante Kerttus Kopf. Kerttu windet sich, ihre Hand trifft das Hello-Kitty-Glas, das auf den Teppich fliegt, aber zum Glück nicht zerbricht, und dann hört Kitty ein schreckliches Geräusch und spürt einen Geruch: Tante Kerttu hat in die Hose gemacht, aber jetzt kann Kitty nicht mehr zurück, sie reitet auf Tante Kerttus Gesicht, als wäre sie eine Elfenkönigin, die ihr Einhorn antreibt, das sich nach dem Ende des Regenbogens sehnt.

Es dauert ein Weilchen, bis Tante Kerttu still wird, und Kitty steht auf, hebt das Kissen hoch und sieht nach: Tante Kerttus Mund steht ein wenig offen, ihre Augen sind geschlossen. An dem Kissen, das sie der Tante vom Gesicht genommen hat, klebt Speichel. Kitty legt das Kissen direkt neben Tante Kerttus Kopf und ein wenig darunter. Es sieht so aus, als hätte die Tante nur darauf gesabbert. Und genau in diesem Moment klingelt es an der Tür.

Kitty schließt sorgfältig die Tür zum Gästezimmer und geht die Haustür öffnen. Sie bittet Sussa und Tetta und Ninna herein, zeigt ihnen ihr Zimmer und ihre Hello-Kitty-Sammlung und setzt ihnen eine Cola aus dem Kühlschrank vor. Sussa übergibt Kitty die Einladungskarte, und Kitty bedankt sich. Dann fragt Sussa, ob die Mädchen zu ihr nach Hause kommen möchten, und Kitty fragt nach Sussas Telefonnummer und schickt sie der Mutter als SMS, so wie Mutter es ihr aufgetragen hat, wenn Kitty direkt nach der Schule zu einer Freundin geht. Sie gehen alle zu Sussa, und Kitty hat ein neues Spiel, das heißt »Reiten zum Regenbogen«, und es gefällt Sussa und Tetta und Ninna und bedeutet, dass sie zum Beispiel Sofakissen nehmen und an die Ecken der Sofakissen Schleifen binden, sodass sie wie die Ohren eines Pferdes sind, und dann reiten sie darauf und schreien: »Galopp, Flamme!«

Als bei Sussa das Telefon klingelt, ist Kitty ganz verschwitzt und müde, und sie ist gar nicht sehr erstaunt, als Sussas Mutter kommt und mit ernstem Gesicht sagt, Kittys Mutter habe gefragt, ob Kitty bei Sussa übernachten könne. Das geht, weil am nächsten Tag keine Schule ist. Sussa leiht Kitty ein Nachthemd und gibt ihr eine unbenutzte Zahnbürste aus einer Schublade im Badezimmer, und sie kichern in Sussas Zimmer noch lange, nachdem Sussas Mutter »Licht aus!« gesagt hat.

Am nächsten Tag geht Kitty nach Hause, und Mutter sagt freundlich zu ihr, es sei vielleicht ganz gut gewesen, dass sie nach der Schule direkt zu Sussa gegangen sei, denn es seien *traurige Dinge* geschehen, und Kitty hätte nicht unbedingt etwas dagegen tun können. Sie wäre nur schrecklich erschüttert gewesen, weil Tante Kerttu gestern einen Krankheitsanfall bekommen habe und jetzt ein Engel im Himmel sei.

Mutter und Vater umarmen Kitty, füllen für sie Eis in eine kleine Schale und sagen, dass das zu erwarten gewesen sei, weil Tante Kerttu sehr krank war. Und Kitty findet Mutters und Vaters Freundlichkeit so schrecklich, dass es ihr gar nicht schwerfällt, an Mutters Schulter zu weinen.

Und so braucht Kitty nicht mehr auf der Parkbank zu sitzen und nie mehr die Zeit totzuschlagen, während sie vor Aufregung Bauchschmerzen hat. Kitty ist bis zum Abitur Sussas und Tettas und Ninnas beste Freundin, ein beliebtes Mädchen, das alle gern haben.

Und ich, die ich auf meiner Lauftour versuche, den richtigen Schritt immer besser und besser zu üben, der beim Ballen beginnt und über die Wadenmuskulatur geht, den Schritt, der den Körper am besten quält, versuche, auf jedem elastischen Meter zu vergessen, dass ich, als ich das kleine Mädchen sah, das ich Kitty nannte, eigentlich das zu vergessen versuchte, was ich selbst tat, als ich acht Jahre alt war. Auch ich hatte keine andere Wahl. Sie hieß nicht Kerttu, aber das, was ich getan habe, war das, was ich tun musste, um nicht diskriminiert und vergessen zu werden, und genau deswegen erkannte ich die kleine Kitty. Hello Kitty, sagte ich zu meiner kleinen, zarten Seelenverwandten und schickte sie in Gedanken, die für sie bestimmte Aufgabe auszuführen.

Ich laufe.

Ich laufe. Das ist eine Methode, den Kopf auf Null zu stellen.

Leena Lehtolainen

Frauensache

»Weg da, kleines Schlitzauge!«

Ich spitzte die Ohren. Hatte die ordentlich gekleidete Frau mittleren Alters, die da vorbeiging, meinen vierjährigen Sohn Juuso tatsächlich mit diesen Worten angepöbelt? Juuso tollte unruhig durch den Gang des Einkaufszentrums Sello und war der Frau vor die Füße gelaufen.

Ich nahm den Jungen an der Hand und folgte der Frau, die einen eleganten hellen Wollmantel trug und ihre Locken mit reichlich Haarspray fixiert hatte. Ich fasste sie an der Schulter.

»Was haben Sie da gerade zu meinem Sohn gesagt?«

Die Frau drehte sich nicht einmal um.

»Finger weg«, fauchte sie, doch ich gehorchte nicht.

»Wie haben Sie meinen Sohn genannt?«

»Finger weg, oder ich rufe um Hilfe!« Die Frau blickte sich immer noch nicht zu mir um. Dagegen starrten die Passanten uns neugierig an.

»Nicht nötig, ich bin Polizist.« Als ich die Frau losließ, drehte sie sich endlich um. Ich sah, wie erstaunt sie war, als sie feststellte, dass ich garantiert ein hundertprozentiger Finne mit blondem Haar und braunen Augen war. Die Frau exakt zu beschreiben, wäre mir schwergefallen. Ein ganz normales finnisches Gesicht, blaue Augen, flache Wangenknochen, dünne Lippen. Anu und Maria hatten versucht, mir beizubringen, die

Preisklasse von Damenkleidung einzuschätzen. Was diese Dame trug, war wohl nicht ganz billig.

»Hat die Polizei nichts Besseres zu tun, als Leute beim Einkaufen zu stören?«, schimpfte die Frau.

»Die Polizei vielleicht, aber für einen Vater gibt es nichts Wichtigeres, als sein Kind zu verteidigen.« Juuso klammerte sich an meine Hand. Ich kam mir plötzlich vor wie ein Idiot. Der Junge hätte die abfällige Bemerkung gar nicht mitbekommen, wenn ich mich nicht eingemischt hätte.

»Muss man unbedingt ausländische Kinder adoptieren? Die gehören in ihr eigenes Land«, versetzte die Frau und ging weiter. Ich mochte ihr nicht noch einmal nachlaufen. Um uns herum wurde ohnehin bereits getuschelt.

Von unseren drei Kindern hatte Juuso die größte Ähnlichkeit mit Anu: schwarze Haare, dunkle Augen, gelbliche Hautfarbe. Sennus Haare waren deutlich heller, und sie hatte meine Augen. Bei Jaakko, dem Baby, war noch nicht genau zu erkennen, wie er sich entwickeln würde.

An dumme Bemerkungen über Anu hatte ich mich gewöhnt. Manche konnten es nicht ertragen, dass ich eine vietnamchinesische Frau hatte. Meine Kollegin Ursula hatte behauptet, ich hätte Anu nur geheiratet, um eine demütige Haussklavin zu bekommen. Das war lächerlich, wie jeder wusste, der Anu kannte. Zudem hatte ich immer schon eine Vorliebe für Frauen mit starkem Willen gehabt, selbst wenn sie mich springen ließen. »Lass gut sein«, sagte Anu manchmal, wenn ich mich wieder über die blöden Sprüche ärgerte. »Du kannst diesen Leuten den Rassismus nicht austreiben, und wenn du noch so viel predigst. Ihr gebürtigen

Finnen braucht noch eine Weile, ihr seid ja gerade erst aus euren nordkarelischen Wäldern gekommen, wo jeder Fremde bedrohlich war. Eine Reise nach Pattaya macht die Leute noch nicht zu Kosmopoliten.«

Unsere Ehe war für unsere Angehörigen ein harter Brocken gewesen. Anus Eltern hatten gehofft, dass sie ihren Vetter zweiten Grades heiraten würde, und meine ... In Lieksa, wo meine Eltern wohnten, gab es zwar einige Russinnen und auch eine aus Thailand importierte Ehefrau, aber dass ich eine Vietnamchinesin heiraten würde, hatten Mutter und Vater nicht erwartet. Dass mein Vater Vorurteile hatte, wusste ich nur zu gut, aber überraschenderweise war es für meine Mutter schwieriger gewesen als für ihn, Anu zu akzeptieren und sich damit abzufinden, dass ihre Enkel fremdartig aussehen würden. »Womöglich werden sie später in der Schule gehänselt«, hatte sie gesagt. In Lieksa hätte das vielleicht passieren können. Aber in der Kita in Helsinki, die Juuso besucht hatte, bis Anu erneut in Mutterschaftsurlaub ging, waren dreizehn Nationalitäten und alle erdenklichen Hautfarben vertreten. Geradäugige Finnen waren dort so exotisch wie alle anderen auch.

Wir waren vor einem Jahr in eine größere Wohnung gezogen und hatten nun drei Zimmer plus Küche. An eine Eigentumswohnung war bei meinem Gehalt nicht zu denken. Die städtische Mietwohnung war eine risikofreie Alternative, und den Nachbarn gefiel es, dass ein Polizisten-Ehepaar im Haus wohnte. Mitunter ärgerte es mich, dass Arbeit und Privatleben sich vermischten, aber ein Polizist ist immer ein Polizist.

Im Treppenhaus roch es nach Gewürzen. Die aus dem Sudan stammende Familie Keira, die im Erdgeschoss wohnte, kochte gern. Manche beschwerten sich über den Geruch, Anu und ich nicht. Die faschierte Schafslunge, die die Kairas einmal bei einem Fest vor Weihnachten servierten, hatte ich allerdings nicht probiert, aber Anu hatte davon gegessen. In ihrer Familie wurden immer zahlreiche Gewürze verwendet, während meine Mutter außer Pfeffer nur Petersilie und Dill kannte. Mit Knoblauch hatte sie erst in einer Pizzeria in Joensuu Bekanntschaft geschlossen.

Ich war bereits auf der Treppe, als bei den Keiras die Tür aufging und Halima herausspähte. Ihren eigenen Worten nach war sie »circa sechzehn«, denn man wusste nur, dass sie im Herbst 1989 geboren war.

»Ist Anu zu Hause?«, fragte Halima. Ihr Finnisch war nahezu akzentfrei, obwohl sie erst vor drei Jahren hierhergekommen war. Als ich nickte, sagte sie, sie müsse Anu etwas fragen. Sie sprach ohne Scheu, sah mich aber nicht an. Ihre Haare waren unter einem Tuch verborgen.

Die Familie Keira war vor dem Krieg in der Darfur-Region geflüchtet. Halima hatte nur noch zwei Geschwister, denn drei Kinder waren auf der Flucht gestorben. Anu unterhielt sich häufig mit Halima und ihrer Mutter, während die beiden mir gegenüber zurückhaltend waren. Mit Halimas Vater Mehdi wechselte ich gelegentlich ein paar Worte. Er arbeitete als Busfahrer bei den Stadtwerken, und als ich einmal in voller Montur zu einer Festveranstaltung fuhr, hatten wir unsere Uniformen verglichen.

Halima folgte mir in unsere Wohnung, wo Anu gerade Jaakko stillte. Sennu hielt noch Mittagsschlaf. Als Halima Anus entblößte Brust sah, wandte sie rasch den Blick ab.

»Ich habe etwas mit Anu zu besprechen. Eine Frauensache«, sagte sie, und ihre hellbraunen Wangen wurden rot.

»Pekka, kannst du solange in die Küche gehen und Juuso mitnehmen?«, bat mich Anu. Jaakko galt offenbar noch nicht als Mann, weil er nicht sprechen konnte. Außerdem schlief er gerade an der Brust seiner Mutter ein. Ich beneidete ihn. Anu und ich hatten nur selten einen Moment zu zweit.

Ich gehorchte. In der Küche packte ich die Einkäufe aus und wärmte die Wurstsuppe auf. Aus dem Wohnzimmer war aufgeregtes Flüstern zu hören. Halima blieb nicht lange, vielleicht zehn Minuten. Nachdem sie gegangen war, hörte ich, wie Anu Jaakko schlafen legte. Dann kam sie in die Küche.

»Juuso, ich glaube, die Kindersendung fängt gerade an«, sagte sie zu unserem Ältesten, der sofort zum Fernseher lief. Anu schloss die Tür hinter ihm, bevor sie weitersprach.

»Halima macht sich Sorgen, und zwar nicht ohne Grund. Nächste Woche soll ihre Tante Poni aus Marseille zu Besuch kommen.«

»Tante Poni?«, grinste ich.

»Das ist nicht lustig. Halima erinnert sich, was beim letzten Besuch der Tante passiert ist, und nun fürchtet sie, dass mit Sittina dasselbe gemacht wird. Das Mädchen ist immerhin schon sieben. Halima wurde mit neun verstümmelt, kurz nachdem ihre Familie die Aufenthaltsgenehmigung für Finnland bekommen hatte.«

»Meinst du eine ... Beschneidung?« Selbst vor meiner eigenen Frau fiel es mir merkwürdig schwer, das Wort auszusprechen.

»Ja. Halimas Operation liegt sieben Jahre zurück. Sie könnte noch Anzeige wegen Körperverletzung erstatten, aber das will sie nicht, obwohl sie weiß, dass Beschneidungen in Finnland verboten sind.«

»Das ist wohl eher eine Sache für das Sozialamt als für die Polizei.«

»Meinst du, es wäre gut für Sittina, wenn sie ihren Eltern weggenommen wird? Die Keiras haben schon drei Kinder verloren.«

»Und was willst du unternehmen?«

Anu schüttelte den Kopf. Bei dem Gedanken an das, was man Halima angetan hatte, graute mir. Die Logik, die dahinterstand, war mir unbegreiflich. Andererseits wusste ich, welchen Aufruhr es geben würde, wenn die Sache an die Öffentlichkeit käme. Gewisse Kreise hätten erneut einen Grund, einen Einwanderungsstopp zu fordern.

»Verbrechensvorbeugung ist Teil der Polizeiarbeit. Können wir nicht einfach das Jugendamt bitten, das Mädchen vorübergehend in Gewahrsam zu nehmen? Du könntest mit der Mutter sprechen und ihr erklären, was passiert, wenn sie versuchen, Sittina zu verstümmeln.«

»Sie kann weder Finnisch noch Französisch! Sprich du lieber mit dem Vater. Einem Mann wird der eher glauben, zumal, wenn der Mann Polizist ist. Sudanesen sind mir genauso fremd wie dir.«

Die Küchentür ging auf. Wir hatten gar nicht gehört, dass Sennu wach geworden war. Ich nahm sie auf den Schoß, sie duftete nach Bettwärme und Waschpulver. Jetzt tat es mir leid, dass ich der Frau, die Juuso beschimpft hatte, nicht härter zugesetzt hatte. Ich stellte mir vor, dass jemand Sennu wehtun könnte, und nahm mir fest vor, mit Mehdi Keira zu sprechen, sobald ich ihn sah.

Es dauerte einige Tage, und ich hatte die Angelegenheit schon halb verdrängt, als Mehdi eines Abends zur gleichen Zeit nach Hause kam wie ich. Er lächelte strahlend und schüttelte mir die Hand, wie er es immer tat. Frauen gab er nicht die Hand. Ich plauderte eine Weile über das lausige Wetter, bevor ich zum Thema kam:

»Wie man hört, bekommt ihr Besuch aus Frankreich.«

»Hast du mit Nadine gesprochen?« Nun klang Mehdis Stimme nicht mehr freundlich.

»Nein, Halima hat mit meiner Frau geredet.« Auf einmal fiel es mir schwer, die richtigen Worte zu finden, obwohl ich in meinem Beruf mit allen möglichen Typen reden musste, vom durchgedrehten Junkie bis zum Kinderschänder. »Du weißt sicher, dass diese Operation hier illegal ist?«

Mehdi sah mich entgeistert an.

»Welche Operation?«

»So eine, die auch bei eurer Sittina gemacht werden soll.«

»Davon weiß ich nichts. Das ist Frauensache.« Mehdi drängte sich an mir vorbei. Ich fasste ihn am Arm.

»Man kann euch Sittina wegnehmen, und Halima auch. Sag das auch deiner Frau.«

Mehdi schüttelte meine Hand ab. »Polizisten ... ihr seid überall gleich. Ich dachte, hier wäre ich in Sicherheit, ich arbeite, zahle Steuern. Und trotzdem droht man mir. Was vorgeschrieben ist, das ist vorgeschrieben.«

Niedergeschlagen ging ich die Treppe hinauf. Ich erklärte Anu, dass uns nichts anderes übrig blieb, als den Jugendschutz einzuschalten, und suchte die Nummer auf meinem Handy heraus. Liisa Hartikainen, die den Anruf entgegennahm, kannte ich nur zu gut, mit ihr hatte ich in vielen Fällen familiärer Gewalt zusammengearbeitet.

»Du erstattest die Anzeige also als Privatperson, nicht dienstlich?«, vergewisserte sich Liisa. Ich sagte, ich sei ein Nachbar der Familie. Nach dem Gespräch fühlte ich mich erleichtert, weil ich die Verantwortung abgegeben hatte. Man würde den Keiras nicht sagen, wer die Anzeige erstattet hatte, aber Mehdi würde es natürlich erraten. Hoffentlich bekam Halima deshalb keine Schwierigkeiten.

In der Nacht bekamen Anu und Jaakko hohes Fieber. Anu war selten krank, aber in jedem Winter bekam sie einmal eine schwere Grippe, die sie völlig kraftlos machte. Zum Glück konnte ihre Mutter einspringen, sonst hätte ich zu Hause bleiben müssen.

Als ich am Freitag von der Arbeit kam, ging es Anu schon ein wenig besser, doch sie war noch zu schwach, um aufzustehen, und schlief die meiste Zeit. »Ein Mädchen war hier und wollte zu Anu, aber ich habe sie nicht eingelassen«, berichtete meine Schwiegermutter.

»Was für ein Mädchen?«

»Ein afrikanisches. Sprach aber Finnisch.«

Ich vermutete, dass es sich um Halima handelte. »Hat sie gesagt, was sie wollte?«

Meine Schwiegermutter erzählte, das Mädchen habe sich für die Störung entschuldigt und sei wieder gegangen. Ich klingelte bei den Keiras, doch niemand öffnete. Nachdem auch das zweite Klingeln nichts fruchtete, ging ich hinaus und sah, dass in der Wohnung alle Fenster dunkel waren. Ich ahnte Schlimmes.

Als die Familie Keira am nächsten Morgen immer noch nicht aufgetaucht war, rief ich den Hausmeister an. Ich warf meine ganze polizeiliche Autorität in die Waagschale und erklärte, es bestehe der Verdacht, dass ein Verbrechen geschehen sei. Daraufhin erklärte er sich bereit, die Tür kostenlos aufzuschließen.

Nach kurzer Zeit kam er und ließ mich ein.

»Mannomann, bei diesen Kameltreibern stinkt's immer so fürchterlich«, sagte er. »Was ham die denn angestellt? Drogen verkauft oder was?«, wollte er wissen, doch statt einer Antwort beschied ich ihn, er könne jetzt gehen. Wir führten eine Art Machtkampf, bis er sich endlich verzog. Die Dreizimmerwohnung der Keiras hatte den gleichen Grundriss wie unsere, aber damit endeten die Gemeinsamkeiten. Bei den Keiras gab es Teppiche und Kissen, fast alle Flächen waren mit Textilien bedeckt. In der Küche stand immerhin ein normaler Tisch. Die ganze Wohnung war pieksauber. Halimas Schulbücher lagen in einem Zimmer in der Ecke, der Fernseher im Wohnzimmer versteckte sich teilweise hinter der Küchentür. Im Regal standen etwa zwanzig Bücher in einer Schrift, die ich nicht entziffern konnte. Was sprach man eigentlich im Sudan? Ich hatte keine Ahnung.

Ich fand weder ein Telefon noch einen Computer. In den Schränken hingen viele Kleider, und da ich die Garderobe der Familie nicht kannte, konnte ich natürlich nicht feststellen, ob etwas fehlte. Halima ging zwar meistens in Jeans, trug aber immer ein Kopftuch, zumindest hatte ich sie nie ohne gesehen. Nadine trug immer einen Rock.

Im Kühlschrank gab es Gemüse und Joghurt, es war nichts entfernt worden, was in den nächsten Tagen verderben würde. Auch sonst wies nichts in der Wohnung auf eine überstürzte Abreise hin. Da ich nichts weiter ausrichten konnte, ging ich wieder nach Hause und stellte fest, welche Schule die Kinder besuchten. Nach langem Hin und Her erfuhr ich, dass die beiden Mädchen seit zwei Tagen fehlten, während Bashir, der einzige Sohn, in seiner Klasse saß.

Ich musste zum Dienst und kam den ganzen Tag über nicht dazu, mich um die Sache zu kümmern. Am Abend klingelte ich gleich nach dem Essen erneut bei den Keiras. Diesmal waren in der Wohnung Schritte zu hören. Die Tür wurde einen Spaltbreit geöffnet, und Halimas Mutter Nadine spähte heraus. Bei meinem Anblick schrie sie auf und wollte die Tür zuschlagen, doch ich schob den Fuß dazwischen. Hinter ihr tauchte eine ältere Frau auf, um die sechzig, mit der gleichen goldbraunen Haut wie Halima. Ich verstand kein Wort von dem, was Nadine sagte. Die ältere Frau, in der ich die berüchtigte Tante Poni vermutete, schob Nadine beiseite und fragte mich:

»*Parlez-vous français?*«

Ich parlierte zwar nicht, verstand aber immerhin die Frage. Anu sprach Französisch. Da ich nicht wagte, den Fuß zurückzuziehen, holte ich das Handy aus der Tasche, rief Anu an und bat sie herunterzukommen. Bald darauf erschien sie, Jaakko auf dem Arm, und begann surrende R und merkwürdig abgehackte Wörter zu sprechen, die aus ihrem Mund verdammt sexy klangen. Die ältere Frau verstand, was Anu sagte, und bat sie herein. Ich ging mit Jaakko nach Hause.

Eine Viertelstunde später kam Anu zurück. Sie sah erschöpft aus. Ich setzte Teewasser auf.

»Puh«, sagte sie. »Wenn ich richtig verstanden habe, ist Mehdi gestern mit den beiden Mädchen verschwunden. Nadine und Poni waren bei Verwandten in Lahti, und als sie zurückkamen, war nur Bashir zu Hause. Mehdi meldet sich nicht am Telefon, und Halimas Handy liegt in der Wohnung.«

Dort hatte ich es nicht gefunden, aber ich hatte auch nicht gründlich gesucht. Bei der älteren Frau handelte es sich tatsächlich um Tante Poni, die schon am nächsten Tag nach Frankreich zurückreisen sollte. Die beiden Frauen wunderten sich und machten sich Sorgen um Mehdi und die Mädchen, wollten aber keine offizielle Anzeige erstatten. Tante Poni vertrat die Ansicht, es sei besser, möglichst wenig mit der Polizei zu tun zu haben.

Ich überprüfte die Unfallmeldungen und Körperverletzungen, doch keiner der registrierten Fälle betraf Mehdi und seine Töchter. Womöglich hatten die beiden Frauen uns etwas vorgespielt, und Sittina war zur Operation und Genesung weggebracht worden, bevor wir eingreifen konnten. Halima hatte mitkommen müssen, damit sie keine Schwierigkeiten machte. Ich war stinksauer.

Als ich am nächsten Abend von der Arbeit kam, stieg Tante Poni gerade in ein Taxi. Bashir und Nadine standen bereit, ihr nachzuwinken. Mit dem Taxi gab es Probleme, offenbar fand sich keine gemeinsame Sprache, und aus dem Zettel, den die Tante ihm hinhielt, wurde der Fahrer nicht schlau. Also erklärte ich ihm, dass er zum Flughafen fahren sollte. Nadine weinte, und auch die Tante wirkte unglücklich. Ich wusste nicht mehr, was ich von der Geschichte halten sollte. Zu Hause erzählte Anu, dass Halima angerufen hatte.

»Die Mädchen sind mit ihrem Vater in Vaasa, dort hatte sich eine zweite Tante aus Schweden eingefunden, um Sittina zu operieren«, berichtete Anu. »Sie kommen heute zurück. Mehdi hat Halima mitgenommen, weil er bei diesen Frauensachen natürlich nicht dabei sein darf.«

Es war gut, dass Mehdi in diesem Moment nicht da war. Ich schlage an sich keinen, aber diesmal wäre ich nahe daran gewesen.

»Vorgestern war eine Sozialarbeiterin bei den Keiras, und danach hat Mehdi zu den Mädchen gesagt, jetzt fahren wir weg. Halima hat nicht gewagt, sich zu wehren.« Anu bemühte sich, ihre Stimme unter Kontrolle zu halten »Wer erstattet Anzeige, du oder ich?«

Ich bezog am Fenster Posten und rührte mich nur ein einziges Mal vom Fleck, um zur Toilette zu gehen; Anu nahm so lange meinen Platz ein. Gegen neun Uhr trafen die Keiras endlich ein. Sittina hielt Halimas Hand umklammert. Ich dachte an die Schmerzen, die das arme Kind erleiden musste. Hastig schlüpfte ich in die Schuhe, lief die Treppe hinunter und war bereits unten, bevor Mehdi die Haustür aufgeschlossen hatte.

»Wo zum Teufel warst du? Was ist mit Sittina passiert?« Ich brüllte so laut, dass sowohl Nadine als auch der zweite Hausbewohner im Erdgeschoss, Risto Asikainen, die Tür aufrissen. Nadine begann zu weinen, Sittina ebenfalls, und Halima starrte mich wütend an. Ich hatte das Gefühl, dass ich sie im Stich gelassen hatte.

»Du verstehst mich nicht, Pekka«, sagte Mehdi traurig.

»Streitet euch woanders!«, brüllte Asikainen. »Bei uns schlafen schon alle!«

Da ich vermutete, dass das Gespräch nicht eben friedlich verlaufen würde, bat ich Mehdi und die Mädchen in unsere Wohnung und nahm Sittina auf den

Arm, doch sie machte sich los und klammerte sich an Halima. Mehdi gehorchte, wohl aus Angst, andernfalls ins Gefängnis zu kommen. Auch Nadine wollte uns folgen, aber als Mehdi sie in ihrer Muttersprache anfauchte, kehrte sie in ihre Wohnung zurück.

Mehdi wollte sich nicht setzen, sondern blieb an der Wohnzimmertür stehen. Die beiden Mädchen kauerten sich auf das Sofa.

»Hör mal, Pekka, sag, was ich tue, wenn die Frau weint und sagt, Mädchen können nie heiraten, wenn nicht beschnitten? Wenn meine Mutter und Nadines Mutter und Schwestern und Tanten fordern, alle Frauen fordern. Ich will mit den Kindern in Finnland bleiben, ich hier gute Arbeit, obwohl die Finnen nennen mich Scheißneger, aber selbst wollen sie nicht Busfahrer sein. Ich will meine Kinder und die Frau nicht verlieren, deshalb ich spreche darüber mit Halima, obwohl das zwischen Vater und Tochter nicht richtig ist. Und Halima erzählt, was sie in der Schule gelernt hat. Meine Familie nicht so verrückte Muslime wie manche in Darfur, Nadine ist mehr gläubig. Ich sage Nadine, ich kenne Frau, die Operation macht. Ich lüge zu meine eigene Frau.«

»Was hat man denn mit Sittina gemacht?«, fragte Anu leise. »Darf ich es sehen?«

»Eine Frau darf wohl angucken. Kleine Wunde. Ein paar Tropfen Blut. Nichts ist weggeschnitten. Aber ich weiß nicht, ob gut genug für Nadine. Ich sage ihr, Mann ist Haupt der Familie, ich habe den Koran gelesen. In unserer Moschee sagen manche, Mädchen sind nicht so wichtig wie Jungen, aber für mich alle Kinder wichtig. Alle, die ich noch habe. Finnland ist gutes Land, kein Krieg, aber es ärgert, dass überall nur Sex,

Sex, Sex. Auch im Fernsehen, vor den Kindern. Nadine versteht nicht, was gesagt wird, aber Bilder sie versteht, und hat immer Angst, dass es mit Halima und Sittina schlecht geht. Mit eine Tochter von Bekannten ist schlecht gegangen, bekommt ein Kind von russische Junge. Schreckliche Schande für sie.« Mehdi seufzte und breitete die Arme aus.

Halima nickte. »Er sagt die Wahrheit. Es war nur ein kleiner Schnitt. Natürlich hat es wehgetan, aber nur einen Moment. Aber du irrst dich trotzdem, Vater. Vielleicht möchte ich später keinen Vetter heiraten, sondern irgendeinen Finnen. So wie du und Anu.« Sie lächelte mich an. »Und ein finnischer Junge verlangt die Operation nicht. Wir sind nicht mehr im Sudan. Hier ist es anders.«

Ich dachte an die Integrationskurse, die das Sozialamt anbot, und wunderte mich, dass Nadine keinen Finnischunterricht bekommen hatte. Als ich Mehdi danach fragte, erklärte er, Nadine habe sich nicht getraut, einen Kurs zu besuchen, weil sie nicht einmal lesen könne. Halima habe versucht, es ihr beizubringen, aber es sei schwierig.

Ich entschuldigte mich bei Mehdi und dankte Halima. Mehdi sagte, alles sei in Ordnung. Anu bot Tee an, doch die Keiras wollten nach Hause. Ich fragte Mehdi, ob er gelegentlich mit mir ein Eishockeyspiel ansehen wolle, aber er meinte, Fußball sei ihm lieber. Wenn die Saison wieder anfing, würden wir zusammen ins Stadion gehen.

In der Nacht lag ich lange wach, lauschte auf Anus Atem und das Schnaufen von Jaakko, der noch in unserem Zimmer schlief. Ich war vermutlich der glücklichste Mann auf der Welt.

Unni Lindell

Wie ein Blitz aus heiterem Himmel

Selsneset liegt an der äußersten Spitze, dort, wo das Meer direkt nach Dänemark hinüberführt. Die blankgescheuerten kahlen Felsen sind wie umgestürzte Denkmäler, die an Sonne, Wind und Meer gemahnen.

Findlinge und flache graue Felsblöcke, deren stumme Schreie nach Bewegung schon seit Urzeiten verhallt sind, liegen über windgepeitschte, mit gelbem Gras und Katzenpfötchen bewachsene Grundstücke verstreut.

Die Frühlingssonne war nicht nur kalt, sie kitzelte mit ihrem feuchten Zitronengelb die Flügel der schreienden, gefräßigen Möwen, die über der Landspitze schwebten und nur ein einziges Ziel vor Augen hatten: die Reste von Sigurd Haavelstads Brotzeit zu verschlingen.

Als Sigurd ihnen einen Bissen zuwarf, ließen sich die Vögel nicht lange bitten. Kriegerische Schreie verfolgten die Flügelschläge des Frechlings, der den Kampf um die Brotreste gewonnen hatte.

Sigurd trank den Rest seines Kaffees und sah auf die Uhr. Schon drei. Die Autofahrt nach Oslo dauerte mehr als drei Stunden, und der Wochenendverkehr würde ihn zusätzlich aufhalten.

Mit dem Becher in der Hand zog er ein letztes Mal an seiner Pfeife und stand auf. Im Innern des Häuschens war es dunkel. Die Fensterläden waren bereits geschlossen, und der Frühlingswind strich pfeifend um die Ecke.

Er spülte den Becher im übrig gebliebenen Wasser ab und stellte ihn auf die Arbeitsplatte.

Dann sog er die Luft ein. Sie roch nach Salzwasser, feuchten Holzwänden und alten Büchern. Selsneset; sein erster Besitz. Sein einziger Zufluchtsort.

Auf dem Weg in die Stadt dachte er, dass ihm das Wochenende am Meer gutgetan habe. Ungewöhnlich gut.

Der Winter war streng gewesen. Das Klima in der Bekleidungsbranche war härter geworden, und in der letzten Zeit war ihm geraten worden, neue Wege zu beschreiten.

Die beiden eleganten Geschäfte für Herrenbekleidung im besten Teil der Stadt bescherten ihm einen schönen Verdienst, doch Siri war der Ansicht, dass jetzt die Zeit für Veränderung gekommen sei.

»Papa, du kannst doch nicht mit deinen beiden alten Geschäften dasitzen und Wurzeln schlagen«, hatte sie gesagt und ihn aus blauen Augen angesehen, die sich in seine eigenen, von buschigen Brauen gekrönten Augen geradezu hineinbohrten.

»Du musst begreifen, dass sich zurzeit nur wirklich modische Klamotten verkaufen lassen, und keine grauen Anzüge.«

»Meine Geschäfte sichern mir ein gutes Einkommen, und ich beabsichtige nicht, mich auf meine alten Tage noch auf solche Abenteuer einzulassen.«

»Alte Tage, also wirklich.« Siri hatte sich von der Tischkante heruntergelassen und ihn verächtlich angesehen. »Du bist siebenundfünfzig. Nennst du das etwa alt?«

»Du kannst ja eine Boutique eröffnen, wenn ich nicht mehr da bin«, hatte Sigurd seufzend erwidert. Siri ging auf die dreißig zu und war bald fertig mit ihrem Studium an der Uni und der Wirtschaftshochschule.

»Ich will jetzt anfangen«, hatte sie gesagt und ihren roten Lockenkopf verständnislos geschüttelt.

»Dann tu's doch«, hatte Sigurd geantwortet. »Fang doch so an, wie ich es vor dreißig Jahren getan habe. Mit leeren Händen.«

Siri war bleich geworden, hatte sich wütend ihren Mantel geschnappt und war gegangen.

Sigurd Haavelstad parkte in der Einfahrt und trug seinen Schlafsack und seine Tasche hinauf in die große alte Stadtwohnung. Er setzte Kaffee auf und leerte den Inhalt seiner Tasche auf den Badezimmerfußboden. Die Putzfrau würde morgen früh alles in die Waschmaschine stecken.

Die Sache mit Siri beunruhigte Sigurd Haavelstad. Sie war doch sein einziges Kind. Siri war so lieb gewesen, als sie noch klein war. Er konnte sie als Vierjährige in der roten Windjacke vor sich sehen, oder als Schulmädchen mit wilden roten Zöpfen und einem zahnlosen Lächeln. Die blaue Mütze der typischen Abiturkluft hatte ihr vorzüglich gestanden. Siri war immer sanft gewesen, immer gesprächig und konzentriert.

Als Siris Mutter vor vier Jahren gestorben war, hatten sie gemeinsam getrauert. Für Sigurd war Reidun alles gewesen. Sie war sanft und freundlich, gleichwohl nie um eine eigene, klare Meinung verlegen.

»Ach, wie sehr ich Mama vermisse«, konnte Siri manchmal hervorstoßen und sich dann in die Arme des Vaters werfen.

Jetzt tat sie es nicht mehr. Sigurd wusste nicht genau, wann Siri angefangen hatte, sich für seine Geschäfte zu interessieren. Seit einem Jahr vielleicht, schätzte er. Er spürte, dass sie gern einen Finger im Spiel haben wollte. Ja, in letzter Zeit war ihr bohrendes Interesse an Modeboutiquen immer stärker geworden. Als wollte sie gar nicht mehr aufhören.

Schon bald würde sie ihre Ausbildung beendet haben. Standfest und nachdrücklich wie sie war, würde sie bestimmt eine ordentliche Geschäftsfrau abgeben. Sigurd war der Ansicht, dass Kinder nicht übermäßig verwöhnt werden dürften. Er wollte, dass Siri ihre eigene Karriere aufbaute und Verantwortung für sich selbst übernahm. Und wenn die Zeit gekommen war, würde sie selbstverständlich beide Geschäfte und die Wohnung erben. Und Selsneset.

Was Selsneset betraf, war Sigurd allerdings gar nicht so sicher, ob Siri die Tradition weiterführen wollte. Als kleines Mädchen hatte es ihr da draußen zwar gefallen, aber das war lange her.

»Ich kann diese Stille und die Schreie der Möwen nicht aushalten«, hatte sie vor vielen Jahren einmal gesagt. Als Zehnjährige hatte sie aufgehört, mit Reidun und ihm dort hinzufahren.

»Ich möchte lieber alleine zu Hause bleiben«, hatte sie beteuert. Und es hatte ihr in der großen Wohnung gefallen. Sie hatte es sich bequem gemacht, gelesen, war ins Kino gegangen oder hatte Freundinnen besucht.

Viele Abende hatten Reidun und er in Selsneset gesessen und über Siri gesprochen. Er erinnerte sich an die Abende vor dem Kamin, während das Meer schäumte und der Wind heulend um die Hauswände fegte.

»Sie wird mal etwas ganz Besonderes«, sagte Reidun.
Er nickte stolz und zog an seiner Pfeife.
»Sie ist dir ganz ähnlich«, pflegte Reidun zu sagen.

»Ich finde, sie kommt ganz nach dir«, pflegte Sigurd zu antworten. »Genauso feinfühlig und unbekümmert und hübsch.«

»Sie ähnelt uns beiden«, sagte Reidun dann. »Sieh dir nur ihr rotes Haar an. Eine bezaubernde Mischung aus meinem dunklen und deinem hellen Haar.«

Ja doch, die drei waren eine glückliche Familie gewesen. Sigurd nahm den Kaffee und die belegten Brote mit ins Wohnzimmer. Er schaltete den Fernseher und die kleine Lampe in der Ecke ein. Siri wohnte mit einer Freundin außerhalb der Stadt. Sigurd sah sie nicht mehr so häufig. Früher hatte sie ihn ständig um Geld gebeten. Selbst das tat sie jetzt nicht mehr.

Am Montag war Sigurd im Laden in der Nedre Slottsgate. Er wechselte ständig, sodass er sich an einem Tag dort und am nächsten Tag im anderen Geschäft aufhielt. Er trank seinen Morgenkaffee, der auf dem Schreibtisch stand, und begann, die Post des Tages durchzusehen.

Es klopfte an der Tür. Es war der kleine Herr Fidje, der vor zwanzig Jahren als Schneider angefangen hatte. Jetzt war er Geschäftsführer. Ein arbeitsamer Mensch mit einem freundlichen Wesen. Die Kunden vertrauten ihm. Er war fast fünfzig, wirkte aber noch genauso rank und schlank wie ehedem.

Herr Fidje hatte keine Familie, niemanden, der zu Hause auf ihn wartete. Und deshalb war er an den Nachmittagen und am Wochenende häufig bei Sigurd. Ein paarmal kam er sogar mit nach Selsneset. Obwohl der kleine, glatzköpfige Mann kein Naturfreund war, verliefen die Besuche überaus harmonisch. Er kletterte auf den Klippen herum, legte den Kopf schräg und beobachtete mit zusammengekniffenen Augen die Möwen. »Die sind ja wirklich flink«, sagte er und hielt die Hand schützend gegen die Sonne.

Herr Fidje hatte einen Neffen, der Bernt hieß und Arzt war. Bernt war einmal mit zu Sigurd gekommen und hatte auch Siri kennengelernt.

»Ein süßes und lebendiges Mädchen«, hatte er gesagt.

Zweimal waren Siri und Bernt zusammen ausgegangen, aber das lag schon zwei Jahre zurück.

Sigurd dachte an Bernts zufriedenes Lächeln, als sie vor zwei Jahren alle drei zusammen nach Selsneset gefahren waren. Bernt hatte geangelt, Holz gehackt und den offenen Kamin versorgt. Ganz hervorragend hatte er in die windgepeitschte, einsame Landschaft gepasst. Wie dafür geboren, hatte Sigurd gedacht.

Herr Fidje setzte sich und trank einen kleinen Schluck Kaffee aus der Tasse, die Sigurd ihm gereicht hatte.

»Ich habe mich entschieden, dass Selsneset Ihnen gehören soll, wenn ich einmal sterbe«, sagte Sigurd mit ruhiger Stimme.

»Wie bitte?«, erwiderte der kleine Mann und stellte die Tasse dicht an der Tischkante ab.

»Ja, seit vielen Jahren haben Sie hier hervorragende Dienste geleistet, und dafür möchte ich Sie belohnen.«

»Aber Sie sind doch nur sieben Jahre älter als ich«, wandte Fidje bestürzt ein. »Ist etwas Schlimmes passiert?«

»Aber nein«, entgegnete Sigurd lächelnd. »Doch nach meiner Herzoperation vor ein paar Jahren fühle ich mich etwas schwach. Und man kann ja nie wissen. – Es gibt allerdings eine Bedingung«, fuhr Sigurd Haavelstad fort und legte die Hände in den Schoß.

Fidje nickte wortlos.

»Sie dürfen Selsneset nicht verkaufen. Wenn Sie sterben, soll Bernt das Haus erben. Er ist einer, dem ich vertraue. Ich spüre es einfach, dass er alles genauso liebevoll und aufmerksam weiterführen wird, wie ich es seit vielen Jahren mache.«

Stolz und glücklich nickte Fidje angesichts dieser vertraulichen Mitteilung, fragte aber gleichwohl, ob nicht Siri das Haus bekommen sollte.

»Sie hat kein Interesse daran«, erwiderte Sigurd gereizt, »und außerdem erbt sie ja alles andere, und zwar ausnahmslos. – Aber erzählen Sie Bernt nichts davon«, fügte er hinzu. »Ich möchte auch nicht, das Siri etwas darüber erfährt. Denn es könnte ja durchaus passieren, dass Sie vor mir sterben, alter Freund. Und außerdem kann ich noch dreißig Jahre weiterleben, und dann hätten Sie nicht viel Freude an diesem Ort.«

»Ein Gedanke, der mich wirklich beruhigt«, sagte Fidje lächelnd. »Und ich bin überaus stolz, dass Sie meinen Neffen Bernt als zukünftigen Besitzer für würdig erachten. Gott bewahre, ich werde es niemandem erzählen. Darauf gebe ich Ihnen mein Wort.«

Es war ein schönes Gefühl, als die Dokumente am folgenden Tag beim Notar unterzeichnet wurden. Schon lange hatte es Sigurd bekümmert, dass Selsneset irgendwann womöglich abgerissen oder an fremde Menschen verkauft werden könnte.

Eines Tages stand Siri in seinem Büro.

»Papa, ich kann unser Zerwürfnis nicht länger ertragen.«

Sigurd blickte zu ihr auf und lächelte.

»Aber wir haben uns doch nicht überworfen, Siri«, erwiderte er freundlich. »Wir sind nur verschiedener Ansicht. Und dazu haben wir doch wohl das Recht, oder?«

»Ja, aber du bist so streng zu mir.«

»Streng?« Sigurd nahm es als kleinen Spaß und sah sie lächelnd an.

»Ich will dich bloß nicht zu sehr verwöhnen, weißt du? Ich hab dich doch lieb.«

Siri lächelte und sah auf die Uhr. »Ich muss jetzt gehen«, sagte sie. »Ich treffe mich mit Bernt.«

»Ach!«, erwiderte Sigurd überrascht. »Du hattest doch lange keinen Kontakt mehr zu ihm.«

»Das lag dann wohl an meinem Studium«, gab Siri keck zurück, ging zur Tür und machte mit einer Hand eine muntere Geste.

Siri und Bernt. Ja, ja, dachte Sigurd. Vielleicht wird ja doch noch ein Paar aus ihnen.

Bernt sah Siri mit ernstem Blick an.

»Meinst du wirklich, dass dein Vater so erschöpft und gestresst ist, dass es sich auf seine Laune auswirkt?«

»Ja, ohne Zweifel«, sagte Siri gekränkt. »Er benimmt sich mir gegenüber auch ganz anders als zuvor. Er ist kaum wiederzuerkennen.«

»Und was könnte ich dazu beitragen, damit sich dein alter Vater wieder besser fühlt?« Bernt lächelte Siri über sein Bierglas hinweg an.

»Du könntest ihn zu der Einsicht bringen, dass er etwas Ruhe braucht.« Siri wirkte aufrichtig bekümmert.

»Du könntest ihm doch eine Physiotherapie verordnen«, sagte sie plötzlich. »Ein paar Behandlungen für

Nacken- und Schultermuskulatur würden ihm sicher guttun.«

Bernt blickte sie erstaunt an. »Glaubst du nicht, dass da etwas mehr nötig wäre?«

»Aber nein«, erwiderte Siri rasch. »Eigentlich glaube ich nicht, dass es so schrecklich ernst ist. Aber vor ein paar Jahren hatte er diese Herzoperation, und da wurde ihm gesagt, dass er sich nicht allzu sehr aufregen dürfe. Dass es für seine Gesundheit wichtig sei, sich zu entspannen und alles langsam angehen zu lassen.«

Bernt spielte mit seiner Papierserviette. Dann knüllte er sie zusammen und legte sie auf den leeren Teller.

Sigurd saß mit einem Buch unter der Stehlampe in der Ecke, als es an der Tür klingelte.

»Bernt, wie schön, komm doch rein.« Sigurd schaltete das Flurlicht ein und half dem jungen Arzt aus dem Mantel.

»Möchtest du Kaffee?«

»Ja, gerne.«

»Setz dich doch schon mal ins Wohnzimmer.«

Bernt setzte sich aufs Sofa, und als Sigurd mit dem Kaffee hereinkam, sagte er: »Siri macht sich Sorgen. Sie glaubt, dass du dich überanstrengst.«

»Soso«, erwiderte Sigurd und goss Kaffee in die Tassen. »Das liegt jetzt aber nicht daran, dass sie gern meine Läden übernehmen und in Modeboutiquen umwandeln würde?«

Bernt sah ihn verständnislos an.

»Aber nein, davon weißt du ja nichts«, fuhr Sigurd in freundlicherem Ton fort. »Und was will sie dagegen tun?«

»Wogegen?«, fragte Bernt verwirrt.

»Gegen meinen Stress.«

Bernt beugte sich etwas vor. »Sie glaubt, es würde dir guttun, wenn dein Nacken und deine Schultern etwas lockerer würden. Du siehst ziemlich steif und verspannt aus.«

Sigurd lehnte sich zurück und atmete aus. Auch ihm waren die Symptome schon aufgefallen. Nacken und Schultern waren zurzeit recht steif und empfindlich.

»Also«, sagte er, »… ist Siri auf diese Idee gekommen?«

»Ja«, sagte Bernt. »Sie macht sich wirklich Sorgen um dich und will nur dein Bestes. Es tut ihr weh, dass du glaubst, sie habe es nur darauf abgesehen, die Leitung deiner Geschäfte zu übernehmen. Sie findet, dass du dich in letzter Zeit verändert hast. Dass du vor lauter Stress ganz sauer und mürrisch geworden bist.«

Sigurd nahm einen Schluck Kaffee. Vielleicht hatte er Siri ja ganz falsch eingeschätzt. Er war in der Tat erschöpft und hatte verspannte Schultern.

»In Ordnung«, sagte er und blickte Bernt an. »Kannst du mir eine Behandlung verschreiben?«

»Das habe ich schon getan«, erwiderte Bernt lächelnd und zog einen weißen Zettel aus der Tasche.

Er hatte bereits die Kästchen für Schultern und Nacken angekreuzt und die Behandlung aufgeschrieben, die Sigurd bekommen sollte.

»Ruf am besten gleich morgen einen Physiotherapeuten an und mach einen Termin aus.«

Sigurd Haavelstad hatte einen Termin am Montag bekommen.

Genau um elf Uhr setzte er sich ins Wartezimmer. Die Praxis war hell und freundlich.

Zwei weitere Patienten saßen mit ihm im Wartezimmer. Sigurd blätterte ein wenig durch ›Illustrert Vitenskap‹. In der Zeitschrift stand ein Artikel über das Herz. Er fing an zu lesen und war mitten im Artikel, als eine helle Stimme seinen Namen rief.

Es war eine junge Frau. Er hatte sich vorgestellt, dass ihn ein Mann behandeln würde.

»Kommen Sie bitte«, sagte sie freundlich, »dann kann ich Sie erst ein wenig untersuchen.« Er legte Hemd und Unterhemd über einen Stuhlrücken.

Die junge Physiotherapeutin tastete mit warmen Händen seine schmerzenden Muskeln ab.

»Ist gar nicht so schlimm«, sagte sie dann. »Der Stress hat sich bei Ihnen wohl nur oberflächlich ausgewirkt.«

Zuerst knetete sie die großen Muskeln an seinem Rücken etwas durch. Sie hatte warme, geschickte Hände, und er spürte, wie gut ihm die Behandlung tat.

»Gut«, sagte sie plötzlich und richtete sich auf. »Dann beginnen wir mit der Behandlung.« Sigurd nickte, seine Nase steckte in der kleinen Öffnung der Massagebank. Er blickte auf den gefliesten Fußboden hinunter und sah ihre kleinen Füße, die in weißen Socken und Gesundheitsschuhen steckten, geschäftig hin- und herlaufen.

»Was machen Sie denn da?«, fragte er, als er kaltes Metall auf der Haut spürte.

»Beruhigen Sie sich«, erwiderte sie lachend. »Das sind bloß Elektroden. Wir benutzen sie, um die tiefer liegenden Muskelgruppen zu erreichen. Die Behandlung muss ja gründlich ausgeführt werden«, sagte sie. »Und danach werde ich Sie weiter von Hand massieren.« Sigurd lächelte zufrieden. Er sehnte sich schon danach, ihre angenehmen Handflächen wieder auf der Haut zu spüren.

»So, jetzt habe ich alle Elektroden befestigt«, erklärte sie. »Dann schalte ich jetzt den Strom ein.«

Die Schritte entfernten sich.

Sigurd spürte, dass irgendetwas seine Wirbelsäule entlanggekrochen kam. Etwas, das er nicht richtig einordnen konnte.

Als der Strom eingeschaltet wurde, ging alles so schnell, dass die Physiotherapeutin überhaupt nicht reagieren konnte. Ein heftiger Ruck ließ Sigurds Körper auf der blauen Bank zusammenzucken.

Irgendwo zwischen Gewebe und Blutgefäßen blitzte das Metall auf; dann krampfte sich sein Herz zusammen und hörte auf zu schlagen.

Innerhalb weniger Sekunden war sein Gesicht blau angelaufen.

»Aber ...«, rief die Physiotherapeutin und stellte den Strom ab. Sie hielt sich die Hand vor den Mund, um einen Schrei zu ersticken. Dann informierte sie ihre Mitarbeiter und ihren Geschäftspartner.

Siri saß in der Wohnung ihrer Freundin und las, als das Telefon klingelte.

»Guten Tag, hier ist Oddvar Lund. Ich bin Pastor in der Gemeinde Ihres Vaters.«

»Guten Tag. Worum geht es?«, sagte Siri.

»Frau Havelstaad, ich habe leider eine traurige Nachricht für Sie.«

Siri setzte sich und hielt den Hörer umklammert.

»Ihr Vater ist vor einer Stunde während der Behandlung bei einer Physiotherapeutin gestorben.«

»Ooohhh ...«

»Das Ganze beruht auf einem schrecklichen Missverständnis. Die Physiotherapeutin hatte keine Ahnung, dass Ihr Vater einen Herzschrittmacher hatte. Auf der ärztlichen Verordnung stand nur, dass ihm die Elektrobehandlung sicher guttäte. Sie hat nur getan, was ihrem Vater verschrieben wurde. – Sind Sie noch dran?«, fragte der Pastor am anderen Ende der Leitung.

»Ja«, sagte Siri ganz ruhig. »Ich bin noch dran und habe gehört, was Sie sagten. Das ist ja einfach nur furchtbar.«

»Wir konnten den Arzt noch nicht erreichen«, fuhr der Pastor fort. »Wissen Sie vielleicht, ob er von dem Herzschrittmacher wusste?«

»Er wusste zumindest, dass Vater Herzprobleme hatte«, erwiderte Siri schnell. Ihre Wangen waren rot geworden und ihre Augen glänzten. Nicht, weil sie weinte, sondern weil sie gespannt und erwartungsvoll war.

»Wie kann einem Arzt nur so ein Fehler unterlaufen«, hörte sie den Pastor sagen.

»Keine Ahnung, aber danke für die Benachrichtigung.« Sie legte auf.

»Die arme Kleine«, murmelte der Pastor in sich hinein. »Wirklich eine schlimme Nachricht für die junge Frau. Mit solchen Unglücken ist es seltsam: Manchmal kommen sie wie ein Blitz aus heiterem Himmel.«

Marit Nerem

Der Schlüssel zur Lösung

Der dunkel gekleidete Mann ging ruhig die Treppe in dem alten, etwas heruntergekommenen Mietshaus hinauf. Er musste sie zur Rede stellen, so konnte das nicht weitergehen. Sein Leben, seine Karriere, seine Ehe standen auf dem Spiel. Er hatte alles zu verlieren.

Sie empfing ihn mit offenen Armen. »Oh, mein Liebster, auf dich kann man sich verlassen, du kommst, wenn du es sagst. Aber warum schaust du so finster drein? Und dann auch noch in Schwarz gekleidet. Das sieht dir doch gar nicht ähnlich. Und warum bist du so ernst?«

Er antwortete nicht, drängte sich nur an ihr vorbei in die kleine Wohnung. Sie hatte Kerzen angezündet und es gemütlich gemacht, wie er registrierte.

»Liebster, was ist?« Ihre Augen funkelten vor Unruhe.

Er trug Handschuhe und spürte die Wärme ihrer Haut, als er zudrückte. Sie kämpfte nicht lange, er war stark. Aber bevor sie umfiel, konnte er den verwunderten Ausdruck in ihren aufgerissenen Augen sehen.

Meine Frau und ich, wir wohnen in einem gepflegten Haus in einer schönen Gegend am Rande der Stadt. Wir können es uns leisten; ich führe nämlich eine einträgliche Ein-Mann-Firma im buchhalterischen Bereich. In meiner seltenen Freizeit spiele ich Schach und löse komplizierte Sudokuaufgaben. Logik ist meine starke Seite.

Im Leben eines jeden Menschen ereignen sich größere und kleinere Katastrophen, das ist gar nicht zu vermeiden. Auch meine Frau Bjørg und ich konnten dem nicht entgehen. Und die Katastrophe war groß, sehr groß.

Es begann an einem Tag zu Beginn des Frühlings. Ich war pünktlich um sechs Uhr zu Hause, drückte munter auf die Türklingel, um mich bemerkbar zu machen, stürmte hinein – und fand Bjørg in tiefer Verzweiflung am Küchentisch sitzend vor. Kein Essen, kein »Hallo, mein Lieber«.

»Cecilie hat nichts von sich hören lassen?« Es war eher eine Feststellung als eine Frage.

»Jetzt ist sie schon mehr als einen Tag weg. Wir müssen etwas tun, Dagfinn.«

Ich ergriff ihre Hände. »Deine Schwester ist ein erwachsener Mensch und kann auf sich selbst aufpassen. Sie ist sicher nur ganz spontan zu einer Freundin gefahren. Oder einem Freund?«

Sie schüttelte den Kopf. »Cecilie wohnt jetzt seit einem halben Jahr bei uns. Sie ist nie länger als ein paar Stunden weg gewesen, ohne Bescheid zu sagen.«

Ich zuckte mit den Schultern. »Aber du weißt doch, wie Studenten sind. Impulsiv und immer voller Ideen. Vielleicht ist sie auf so einem längeren Kolloquium, oder wie man diese Gesprächsgruppen auch immer nennt.«

»Ich habe eine Kommilitonin von Cecilie angerufen, die hat mir erzählt, dass Cecilie in letzter Zeit auch nicht in den Vorlesungen war.«

»Bjørg«, sagte ich und drückte sie an mich. »Wenn

Cecilie bis morgen Abend nicht auftaucht, dann rufen wir die Polizei an.«

Bjørg nickte und lächelte andeutungsweise.

Wir gingen an diesem Abend zum Essen aus und hatten es richtig schön miteinander. Keiner von uns beiden erwähnte Cecilies heimliches Verschwinden. Aber als wir schließlich ins Bett gegangen waren, da kam die Unruhe zurück, schien den ganzen Raum zu erfüllen. Bjørg lag wach neben mir, sagte jedoch nichts. Wir lagen still in der nächtlichen Dunkelheit und kämpften mit unseren Gedanken.

Am nächsten Morgen wachte ich um Viertel vor sechs nach einer schlimmen Nacht auf. Als ich mich zu Bjørg umdrehte, schaute ich in ein Paar weit aufgerissene, rotgeränderte Augen.

»Vielleicht ist Cecilie ja irgendwann in der Nacht nach Hause gekommen«, sagte ich und stand auf.

»Ich habe schon nachgeguckt, sie ist nicht da.«

Bevor ich unter der Dusche verschwand, sagte ich: »Ich verspreche dir: Wenn sie im Laufe des Tages nicht auftaucht, werde ich die Sache in die Hand nehmen. Es gibt sicher eine ganz natürliche Erklärung dafür, dass sie weg ist.«

Bjørgs Gesicht erhellte sich ein wenig: »Glaubst du?«

»Ja, sicher«, sagte ich und drückte sie an mich.

Eine Stunde später schloss ich mein Büro auf und stürzte mich auf die Arbeit. Um 14 Uhr rief Bjørg an.

»Cecilie ist nicht nach Hause gekommen«, sagte sie fast tonlos.

»Dann rufe ich die Polizei an.«

»Du, Dagfinn, mir ist noch etwas eingefallen, Cecilie

hat mir an dem Tag, an dem sie verschwunden ist, gesagt, sie wolle zum Arzt.«

Ich zuckte zusammen. »Zu welchem Arzt? Wie heißt er?«

»Skauge, soweit ich mich erinnern kann. Jens Skauge.«

Ich fand Skauges Telefonnummer, rief ihn an und erzählte von Cecilie und warum wir uns ihretwegen Sorgen machten. Aber ganz gleich, wie ich mich auch ausdrückte, er verwies jedes Mal auf seine Schweigepflicht.

»Aber beantworten Sie mir bitte eine Frage«, sagte ich, nachdem ich wiederholt erklärt hatte, wie besorgt wir waren. »Erschien sie bedrückt?«

Skauge zögerte. »Ja«, sagte er schließlich.

Ich ging geradewegs zum Polizeirevier. Der Mann, mit dem ich schließlich dort reden konnte, Kriminalkommissar Hagen, sah fast etwas einfältig aus. Ich gab ihm ein Foto von Cecilie und erzählte, dass sie seit mehr als zwei Tagen verschwunden war. Hagen musterte das kleine Foto.

»Vielleicht ist da ein Mann im Spiel?«, fragte er. »Sie haben gesagt, der Arzt habe angedeutet, dass sie niedergeschlagen war. Und wenn sie schwanger ist?«

»Aber warum sollte sie dann so etwas Verzweifeltes tun und verschwinden, ohne uns eine Nachricht zu hinterlassen?«

»Vielleicht ist er verheiratet«, überlegte Hagen weiter. »Und sie hat sich Hoffnungen gemacht. Aber dann hat er sie im Stich gelassen, und somit ...«

»Meinen Sie, sie kann sich das Leben genommen haben?«

Hagen winkte abwehrend ab. »Vorläufig gibt es keinen Grund, das anzunehmen. Aber ich werde eine Vermisstensuche veranlassen. Obwohl zwei Tage noch kein langer Zeitraum sind. Viele Jugendliche sind wochenlang verschwunden, ohne sich zu melden.«

»Aber nicht Cecilie«, sagte ich.

Er reichte mir lächelnd die Hand. »Sie werden von mir hören.«

Ich fuhr direkt nach Hause zu Bjørg. Sie lag auf dem Sofa und starrte an die Decke. »Etwas Neues?«

Ich erzählte ihr von dem Telefonat mit dem Arzt und meinem Besuch bei der Polizei. Bjørg fing an zu weinen. »Dass ich nicht gemerkt habe, dass Cecilie schwanger ist! Deshalb hat sie die ganze Zeit gegessen und zugenommen. Und ich habe gedacht, sie äße so viel, weil sie Kontaktprobleme hat.«

»Ist es nicht merkwürdig, dass sie sich dir nicht anvertraut hat? Ihr hattet doch so ein enges, offenes Verhältnis zueinander.«

»Ja, früher. Aber sie hat sich mehr und mehr verschlossen.«

Die Unruhe erstickte mich fast. »Ich gehe in den Garten und arbeite da ein bisschen«, sagte ich.

»Aber es regnet doch.«

»Das macht nichts.«

Zu behaupten, es regnete, war leicht untertrieben. Es goss in Strömen. Trotzdem machte ich mich an die Arbeit. Es war, als ob der herunterprasselnde Regen und die schwere Arbeit die schlimmen Gedanken verscheuchten.

Ich hatte anderthalb Stunden lang Steine aus dem Boden geräumt, als Bjørg mich rief. »Die Polizei ist am

Telefon«, sagte sie mit zitternder Stimme und reichte mir den Hörer.

»Hallo?« Eine grausige Vorahnung packte mich.

»Hagen hier. Sie müssen sofort zum Polizeirevier kommen. Allein.«

»Ich bin in einer halben Stunde da.«

Bjørg stand neben mir. »Sie ist tot, nicht wahr?«

Ihre Stimme war genauso matt wie ihre Augen.

»Davon hat Hagen nichts gesagt. Glaub doch nicht immer gleich das Schlimmste, meine Liebe.«

Es hatte ziemlich viel Mühe gemacht, sie die steile, gewundene Treppe hinunterzutragen. Aber er schaffte es. Die Leiche hatte er in einen alten, abgetretenen Teppich gerollt, sie war klein und schmächtig, und er ging davon aus, dass das längliche Paket nicht viel Aufmerksamkeit auf sich ziehen würde. Er hatte sich eine Abflussröhre an einem Straßenende ausgesucht, dort würde sie sicher liegen. Das Regenrohr war nie wirklich voll mit Wasser, es rieselte nur ab und zu dort hindurch. Er schaute sich in der Dunkelheit um. Dann stopfte er sie in die Öffnung. Er musste den Teppich abnehmen, um sie hineinzubekommen. Die ruhige Gasse war dunkel und menschenleer. Als sie sicher an ihrem Platz verstaut war, ging er so ruhig wie nur möglich durch die Straßen, dorthin, wo sein Auto stand.

Unterwegs warf er den Teppich in einen Container. Er hatte es geschafft. Er war gerettet.

Ich versuchte mich auf dem Weg zum Polizeirevier selbst aufzumuntern, aber mir rutschte das Herz in die Hose, als ich dem Kommissar Hagen in seinem Zimmer gegenübersaß. Sein Gesichtsausdruck verriet ihn.

»Sie ist tot?«

Er nickte. »Wären Sie so nett, mit ins Leichenschauhaus zu kommen, um sie zu identifizieren? Es ist wohl das Beste, wenn wir Ihre Frau verschonen.«

Ich nickte. »Wann?«

»Jetzt gleich.«

Es war ein übler Anblick. Sie war erwürgt worden, und das junge Gesicht war nicht mehr schön anzusehen. Mir wurde schwindelig, und ich musste mich an der Wand abstützen. Hagen half mir hinaus.

»Wo haben Sie sie gefunden?«

»In einem Abflussrohr, das unter der Straße verläuft. Ein Straßenarbeiter wollte es vor ein paar Stunden freischaufeln – das Wasser hatte durch den Starkregen die Straße überschwemmt – und da hat er sie gefunden. Man könnte sagen, es war der reine Zufall.«

Bevor wir uns trennten, bemerkte Hagen noch wie nebenbei:

»Ich habe mit diesem Doktor Skauge gesprochen. Er hat mir erklärt, dass Cecilie schwanger war, sie hat aber nicht die Absicht gehabt, das Kind abzutreiben. Vielleicht war genau das das Problem«, fügte er noch hinzu. »Ein heimlicher Liebhaber, der seinen guten Ruf zu schützen hatte?«

Bjørg saß kerzengerade da und wartete auf mich. Sie hatte kein Licht gemacht, es war auf eine unangenehme Art und Weise stockfinster im Raum. Ich schaltete das Licht ein, und Bjørg zuckte zusammen.

»Ich kann es dir ansehen«, sagte sie. »Cecilie ist tot.«

Ich nickte und merkte, wie die Tränen in mir aufstiegen. Bjørg stand auf und kam auf mich zu. Wir fielen einander weinend in die Arme.

Später am Abend wärmten wir uns an einem Schluck Cognac und überlegten, mit welchen Informationen wir der Polizei bei ihren Ermittlungen helfen konnten, aber es waren nicht viele. Bjørg erwähnte den Nachbarsjungen, Gunnar Holm, den sie für unzuverlässig und verschlagen hielt, sowie einige Studienkollegen, von denen Cecilie erzählt hatte, dass sie aufdringlich und nervig waren. Viel mehr gab es nicht. Ich rief Hagen an und gab ihm unsere spärlichen Informationen durch.

Die Tage vergingen. Die Polizei war wiederholte Male bei uns. Sie vernahmen den Nachbarsjungen, und hinterher zeigte uns Frau Holm mit aller Deutlichkeit, dass wir eine gute Nachbarschaft verloren hatten.

Die Polizei durchsuchte Cecilies Zimmer einen ganzen Tag lang, fand aber nicht viel von Interesse. Das Einzige, was sie mitnahmen, war Cecilies Schlüsselbund, den sie merkwürdigerweise nicht auf ihren mysteriösen Ausflug mitgenommen hatte. Der Bund umfasste eine reichhaltige Sammlung der verschiedensten Schlüssel aller Formen und Größen.

»Cecilie hatte einen Schlüsseltick«, erklärte Bjørg und zeigte dabei ein wehmütiges Lächeln. »Sie hat nie einen weggeworfen.«

Die Beerdigung fand wegen der Obduktion erst zwei Wochen später statt. Bjørg hatte aufgehört zu weinen. Cecilies und Bjørgs Eltern waren tot, so saßen außer uns nur Bjørgs Bruder mit Familie und ein paar Studienkameraden in der Kapelle.

An den Tagen nach der Beerdigung war ich so wenig wie möglich im Büro. Ich arbeitete viel im Garten und konnte eine ganze Menge einpflanzen. Das war eine effektive Art und Weise, die Gedanken in Schach zu halten.

Mehrere Tage lang hörten wir nichts von der Polizei, doch dann rief eines Morgens der Kriminalkommissar an. Ich hatte mir gerade meine Arbeitskleidung angezogen und wollte hinaus in den Garten, als das Telefon klingelte.

»Hagen hier. Guten Morgen.«

»Haben Sie etwas Neues herausgefunden?«, fragte ich und hörte selbst, dass meine Stimme gestresst klang.

»Schon, aber wir brauchen Ihre Hilfe. Hätten Sie Zeit, zum Revier zu kommen, oder sollen wir Sie abholen? Es geht um eine Besichtigung.«

»Ich komme«, sagte ich.

Ich zog mich in aller Eile um und fuhr in die Stadt, nachdem ich Bjørg nur mitgeteilt hatte, dass ich etwas zu erledigen hatte. Es war nicht notwendig, sie unnötig aufzuregen.

Hagen und ein anderer Beamter, Larsen, standen bereits da und warteten auf mich.

»Wir haben das Liebesnest gefunden«, sagte Hagen. »Eine Wohnung in der Stadt.«

»Wie ...«, setzte ich an.

»Oh, wir haben uns umgehört. Wir haben so unsere Quellen, und Cecilie war ja bemerkenswert hübsch.«

»Und was ist mit dem Liebhaber?«, fragte ich. »Hat ihn auch jemand gesehen?«

Hagen zögerte ein wenig, bevor er antwortete.

»Die Beschreibung ist ziemlich ungenau«, sagte er. »Aber wir arbeiten an der Sache.«

Wir fuhren los und kamen in eine ruhige Gegend, nicht weit vom Zentrum. Larsen parkte vor einem älteren fünfstöckigen Mietshaus.

Hagen ging voran in den Hausflur, ich ihm nach, dann folgte Larsen.

»Es ist im obersten Stock«, sagte Hagen. »Leider gibt es keinen Fahrstuhl.«

Wir stiegen schweigend die Treppen hoch.

Hagen und Larsen keuchten heftig, und ich registrierte mit einer gewissen Zufriedenheit, dass ich besser in Form war als sie.

Hagen zog Cecilies Schlüsselbund aus der Tasche und warf ihn mir zu. Während er sich den Schweiß von der Stirn wischte, keuchte er: »Sind Sie so gut und schließen auf?«

Ich schloss auf, und damit war die Sache gelaufen.

Verstehen Sie: Ich zögerte keine Sekunde. Ich fand gleich den richtigen Schlüssel in dem dicken Bund, denn ich wusste ja nur zu gut, welcher das war.

Kjersti Scheen

Zum Teufel mit den Hundstagen

Wir befinden uns in einer Kleinstadt in Østfold Mitte der Sechzigerjahre. Es ist ein schwüler Nachmittag im August, an den Bäumen rührt sich kein Blatt.

Maggie öffnet die Tür und geht hinaus auf die Treppe der gelben Holzvilla inmitten der Stadt.

Sie hat schlechte Laune.

Ihre Mutter hat sie gebeten – nein, kommandiert – zum Laden zu gehen und mehr Zucker zu kaufen, weil sie Himbeeren einkocht. Dabei ist Maggie gerade erst – halbtot! – vom Strand gekommen, wo das Wasser lau und voller Feuerquallen gewesen war.

Maggie – die viele Jahre später die nur mäßig erfolgreiche Privatdetektivin Margaret Moss werden sollte – schiebt die Unterlippe vor.

»Das sind die Hundstage«, sagt ihre Mutter und schlägt nach einer Wespe. »Da kommt alles auf einmal. Quallen und Wespen und Gewitter und quengelnde Kinder. Los jetzt, ab mit dir. Zwei Kilo Zucker. Nimm das Fahrrad, dann geht es schneller!«

Kinder! Das ist ja wohl das Letzte. Sie ist gerade ein Teenager geworden, verdammt noch mal!

Sie läuft Türen schlagend hinaus, um ihr Fahrrad zu holen – nur, dass da kein Fahrrad ist.

Ihr cooles Fahrrad, schwarz und gelb!

Und nicht angeschlossen.

Außerdem war es frisch gestrichen, vor zwei Tagen

erst. Eigentlich war es rosa, aber das hatte sie plötzlich doof gefunden. Lieblingsfarbe vorher, aber jetzt nicht mehr. Sie fand Lack in der Garage. Kleine Dosen Hobbymalfarbe, ein wenig dick und alt, aber sie zog die Haut ab und rührte gut um. Malte eine Ewigkeit.

Es wurde so schön. Ein wenig unregelmäßig hier und da, aber schön.

Und jetzt ist das Fahrrad weg!

Ihr war so warm gewesen, dass ihr die Stirn pochte und die Augen flimmerten, sie war den ganzen langen Weg vom Badestrand geradelt und ganz einfach nicht imstande gewesen, an dem umständlichen Zahlenschloss zu fummeln. Hatte das Fahrrad nur von sich geworfen, sodass der Kies aufspritzte, und sich hineingeschleppt, um kaltes Wasser aus dem Hahn zu trinken.

Jetzt steht sie ganz still und wird sich der Katastrophe bewusst.

Dann denkt sie: Es kann Carsten gewesen sein. Es war ziemlich sicher Carsten.

Er hatte ein eigenes Fahrrad, benutzte es aber selten. Meistens hatte es einen Platten oder war sonst irgendwie kaputt. Bei einem Freund vergessen. Am Bahnhof stehen gelassen.

Carsten war ihr großer Bruder, drei Jahre älter als Maggie. Er machte, was er wollte.

»Mama!«, brüllt sie. »Carsten hat mein Fahrrad genommen!«

»Das hat er gar nicht, Margaret«, ruft die Mutter, während sie in einer nach Himbeeren riechenden Dampfwolke den Kopf aus dem Küchenfenster steckt. »Er ist heute Morgen mit seinem eigenen Fahrrad losgefahren. Dass du es nicht lernst, auf deine Sachen aufzupassen! Dann nimm halt meins. Aber beeil dich. Ich bin hier mitten im Einkochen!«

Mutters Fahrrad. Alt. Mit einem Korb am Lenkrad und einem Kindersitz hinten.

Nicht besonders cool.

Maggie klappt den doofen Ständer ein, den ihre Mutter immer benutzt, wenn sie das Fahrrad abstellt, und schlägt die Garagentür hinter sich zu.

Dann fährt sie zum Laden, vielleicht sogar noch wütender, als sie auf dem Heimweg vom Strand gewesen war.

Im Laden war es warm und leer.

Doch Willy Martinsen war da und fragte nuschelnd, warum sie so wütend aussähe. Er hatte sich ein Wassereis gekauft und schlürfte es mit viel Geräusch und Geklecker auf sein Hemd, das ehrlich gesagt sowieso schon ziemlich schmutzig war.

Eigentlich war Willy Maggies bester Freund, und außerdem hatte sie ihn noch nicht gesehen, seit sie vor drei Tagen aus den Sommerferien zurückgekommen war, trotzdem hatte sie kaum Lust, zu antworten.

Dann seufzte sie und sagte: »Jemand hat mein Fahrrad gestohlen.«

Willy sah sie abwesend an. Er schien nachzudenken.

»War es Carsten?«, fragte er endlich, er kannte Maggies Familie fast so gut wie seine eigene.

»Nein, Mama hat gesehen, wie er sein eigenes genommen hat«, sagte Maggie, bezahlte den Zucker und ging mit Willy im Schlepptau zur Tür hinaus. »Es kann jeder gewesen sein. Irgendein Dreckskerl, der einfach vorbeikam und mein Fahrrad dort liegen sah. Ich hatte es auch nicht angeschlossen.«

»Erinnerst du dich an das Detektivbüro Moss & Martinsen?«, fragte Willy nach einer Weile. Sie radelten hintereinander die Straße hinunter.

Maggie zuckte mit den Schultern. Jahrelang hatten sie und Willy Detektive gespielt, aber da waren sie klein gewesen. Jetzt waren sie groß. Ihr war nicht nach Spielen zumute.

»Ich meine es ernst«, sagte Willy. »Wir setzen uns hin und denken nach. Ziehen Rückschlüsse, wer es alles gewesen sein kann, und dann spionieren wir ihnen nach.« Er lachte wenig überzeugend.

»Also ehrlich!«, sagte Maggie.

Aber zehn Minuten später hatte sie nachgegeben, und beide saßen mit Notizbuch und Stift hinter der Garage verschanzt.

»Lass mal sehen«, sagte er und schrieb mit großen, schiefen Buchstaben: MÖGLICHE VERDÄCHTIGE. Darunter zeichnete er zwei Spalten, BEKANNTE und UNBEKANNTE. Unter Bekannte schrieb er Carsten, Der Zermalmer, Das unheimliche Mädchen. Unter Unbekannte schrieb er nichts.

»Der Zermalmer?«, fragte Maggie. Das war der alte Pettersen, der ganz hinten in der kleinen Stichstraße wohnte. Eigentlich hatten sie ihn Eierzermalmer genannt. Carsten war darauf gekommen, als er gesehen hatte, wie Pettersen mit einem Knüppel in der Hand eine Horde Kinder aus seinem Garten jagte. Aber wie alle Namen war er mit der Zeit abgekürzt worden.

»Ja, der ist doch immer so grimmig und streitsüchtig. Denk nur, wie oft er hinter uns her war, weil wir Pflaumen gestohlen haben. Die leckeren gelben, du weißt schon. Rache als Motiv, oder?«

Er blätterte um und schrieb MOTIVE auf ein neues Blatt.

Darunter kam Der Zermalmer, Motiv: Rache.

»Und was für ein Motiv soll Carsten bitteschön gehabt haben?«, fragte Maggie säuerlich.

»Er brauchte es wohl«, sagte Willy und schrieb es auf. »Dass deine Mutter gesehen hat, dass er heute Morgen auf seinem eigenen Rad losgefahren ist, bedeutet ja nicht, dass er immer noch auf dem fährt!«

»Aber dieses Mädchen«, sagte Maggie. »Nur weil wir finden, dass sie komisch aussieht, muss sie kein Aas sein.«

»Sie sieht nicht nur komisch aus«, sagte Willy. »Sie sieht unheimlich aus, das musst du zugeben!« Er lachte wieder. Laut und lärmend.

»Also ehrlich«, sagte Maggie. »Sie kann doch nichts dafür, dass sie solche Augenbrauen hat.«

»Es sind nicht gerade die Augenbrauen«, sagte Willy, »sondern wie sie schielt! Wie sie dich unter diesen schwarzen Augenbrauen anglotzt.«

»Und das Motiv?«

Unbekannt, schrieb Willy.

Als Maggie zum Abendessen ins Haus musste, waren sie noch keinen Schritt weitergekommen.

»Ich jedenfalls wette, dass es der Zermalmer war«, sagte Willy, bevor er nach Hause ging. »Ich schlage vor, dass wir dort beginnen! Wir treffen uns in einer Stunde!«

Wie bekloppt!, dachte Maggie. Leuten nachzuspionieren. Als wenn sie noch kleine Gören wären. Aber sie kam – widerwillig – mit, als Willy um sieben Uhr auf seinem alten Klapperfahrrad ankam.

Willy Martinsen fuhr nur alte Klapperfahrräder, er

hatte drei Brüder, und ihre klapprigen Räder waren alle in Kollektivbesitz.

Maggie saß auf dem Gepäckträger und streckte die Beine zu beiden Seiten, während Willy durch die Gegend schlingerte.

»Das letzte Stück gehen wir zu Fuß«, sagte er über die Schulter, und sie stiegen ab.

Willy schmiss das Rad in den Straßengraben. Er schloss es nie an, denn niemand stahl Fahrräder wie seins.

Bei dem Zermalmer war alles still. Der Garten war zugewachsen und ungepflegt, der Rasen bestimmt seit dem Johannistag nicht mehr gemäht. Sie wateten durch verblühte Gräser und braune, krause Sauerampferstängel. Als sie sich durch die Hecke an der Rückseite des Hauses schlichen, bekamen sie überall Spinnweben ab. Spinnen haben Ende des Sommers viel zu tun.

»Igitt«, sagte Maggie und versuchte, die klebrigen Fäden aus dem Gesicht zu bekommen. »Was für eine saublöde Idee!« Wenn jemand sie sähe! Sie, die gerade begonnen hatte, Busen und so zu kriegen! Langsam aussah wie ... jedenfalls nicht mehr wie ein Kind.

»Psst«, sagte Willy leise und deutete mit dem Kopf auf das halboffene Fenster vor ihnen. »Da ist er!«

Irgendetwas klirrte da drinnen in der Dunkelheit hinter den herunterhängenden Wildweinreben.

»Er kocht Kaffee, du Esel!«, fauchte Maggie. »Unglaublich spannend!«

Willy hörte nicht zu, duckte sich und ging bis dicht an die Hauswand, wo er sich vorsichtig wieder aufrichtete. Dann machte er mit der Hand ein aufgeregtes Zeichen Richtung Maggie: »Komm her!«

Der Zermalmer stand direkt am Fenster, aber er sah sie nicht, denn er hatte ihnen den Rücken halb zugedreht und war mit irgendetwas am Abwaschbecken beschäftigt.

Die Küche war genauso unordentlich und ungepflegt wie Haus und Garten. Ein undefinierbarer Geruch von altem Fett und abgestandenem Kaffee kam aus dem Fenster.

Maggie rümpfte die Nase.

Willy stand auf Zehenspitzen und versuchte zu sehen, was der Zermalmer machte.

Auf jeden Fall kochte er keinen Kaffee, er hatte die Arme tief im Wasser und planschte, sodass es spritzte, dann hob er beide Hände hoch.

Maggie rutschte das Herz in die Hose, als sie sah, was er hielt: einen Fahrradschlauch! »Er sucht nach einem Loch!«, zischte sie Willy ins Ohr.

Willy nickte. Er sah verdattert aus, als wäre es das Letzte, was er erwartet hatte. Dabei hatte er ja hier spionieren wollen.

»Er hat mein Fahrrad platt gemacht!« Maggie zischte Willy erneut ins Ohr.

Er rieb sich über die Wange. »Spuck nicht!«, zischte er zurück.

»Lass uns nachsehen, wo er es versteckt hat!«, sagte Maggie, und Willy nickte.

Sie gingen langsam wieder in die Hocke und schlichen sich um die Ecke.

Der Hof lag still und schattig hinter dem Haus. Eine dicke getigerte Katze lag auf der Treppe und schlief. Als Maggie und Willy über den Kies schlichen, öffnete sie ihre Augen und sah sie an.

Es war kein Fahrrad zu sehen, nur das alte Auto des

Zermalmers stand unter einem großen Ahorn. Die Windschutzscheibe war voll Schmutz, Schmiere und verwelkten Blättern, er hatte das Auto wohl eine Weile nicht benutzt.

Maggie öffnete vorsichtig die Garagentür. Drinnen war es dunkel und fast kühl. Es war klar, warum der Zermalmer draußen parkte – hier war kein Platz für ein Auto.

Alte, mit vergilbten Zeitungen gefüllte Holzkisten, verrostete Gartengeräte und zerschlissene Liegestühle füllten die ganze Garage. Es war tatsächlich ein Fahrrad da, sie sahen sogar zwei: ein kleines, rostiges Damenrad und ein noch rostigeres, schwarzes, großes Herrenrad. An beiden waren die Räder dran und die Schläuche anscheinend intakt.

»Er hat es woanders, es ist sicher im Haus, im Flur oder so!«, sagte Maggie. Ihre Augen wurden schmal. So stand es immer in den Detektivbüchern.

»Hast du Bauchweh, oder was«, sagte Willy.

Maggie drehte ihm mürrisch den Rücken zu und wollte wieder hinausgehen, als sie etwas sah.

Am Türrahmen ungefähr auf Höhe ihres Knies war ein kleiner gelber Schimmer.

»Guck mal«, sagte sie. Dann strich sie mit dem Finger darüber und zeigte Willy, dass es abfärbte. Gelb. Es roch auch nach Lack!

»Das kapiere ich nicht«, sagte Willy und sah aus, als ob ihm eine Rechenaufgabe über den Verstand ging. Und das war selten. Willy war ein Ass in Mathe.

»Das ist der Beweis, Mensch! Es war der Zermalmer! Er hat mein Fahrrad genommen, als er es vor unserem Haus liegen sah, dann wollte er es in die alte chaotische Garage hier stellen und da hat es einen

Platten gekriegt. Jetzt steht er in der Küche und flickt den Schlauch!«

»Aber das ist ja völlig verrückt«, sagte Willy. Hinter den Brillengläsern sahen seine hellblauen Augen sehr verwundert aus.

In diesem Augenblick knallte es.

Das war die Haustür des Zermalmers.

Es half nichts davonzulaufen, sie machten instinktiv einen Hechtsprung in das Chaos der Garage hinein, kauerten sich zusammen und hielten den Atem an.

Maggie sah den Zermalmer mit dem Knüppel vor sich, seinen großen Kopf, die langen Arme. Er würde sie erschlagen, wenn er sie fände, und das tat er sicher. Auf ihren Armen bildete sich eine Gänsehaut, und ihr Mund wurde vor Schreck trocken.

Willy stützte sich mit einem zittrigen Arm auf den Zementboden. Unter den Sommersprossen war er ganz bleich.

Der Kies im Hof knirschte. Dann sagte eine Stimme: »Super! Vielen, vielen Dank!« Es war eine Mädchenstimme.

Im selben Augenblick sah Maggie etwas, das sie vorher nicht bemerkt hatte: Willy hatte einen langen gelben Streifen an der Seite des einen Turnschuhs. Genau dieselbe Farbe, die an der Garagentür gewesen war: Signalgelb!

»Willy«, flüsterte sie, aber im selben Augenblick trat sie gegen einen Stapel alter Farbeimer, die mit einem gewaltigen Krach über den Boden rollten.

Maggie und Willy schauten sich starr vor Schreck an.

Da tauchte in dem hellen Viereck der offenen Garagentür eine dunkle Silhouette auf.

»Opa, hier ist jemand«, sagte die Silhouette und ging ganz in die Garage hinein.

Das Licht fiel schräg über braunes Haar mit einem schiefen Pony und Haarspangen über den Ohren. Schmale Nase. Schielende Augen unter schwarzen, zusammengewachsenen Augenbrauen.

Es war das Unheimliche Mädchen!

Sie saßen auf der Veranda des Zermalmers, der, wie sich zeigte, kein Butzemann mit Knüppel war, sondern der Großvater des Unheimlichen Mädchens, das nicht das Unheimliche Mädchen war, sondern Merete Pettersen.

Sie tranken Malzbier.

Das hatten weder Maggie noch Willy zuvor probiert. Es hatte einen sehr braunen Geschmack. Fast wie Brot. Aber es war kalt und schäumte schön in den Gläsern.

»Er da muss es erklären«, sagte Merete und stieß mit einer Sandale an Willys Bein.

Willy grinste unsicher und wich den Blicken aus. »Äh«, sagte er. Dann lachte er wieder, und Maggie kam das Lachen bekannt vor. So lachte Willy immer, wenn er sie reinzulegen versucht hatte.

Meretes Fahrrad lehnte fertig repariert an der Verandatreppe. Es war blau.

»Äh«, sagte Willy wieder. »Es ist so, dass ich das Unheim ... Merete kennengelernt habe, während du in den Ferien warst.« Dann schwieg er.

Maggie sah ihn an. Sie hätte gerne noch einmal versucht, die schmalen Augen hinzubekommen. Es war ja nicht so, dass sie und Willy in irgendeiner Weise ein Paar gewesen wären, aber eine Art Freund war er schon! Ihr bester Freund sogar. Er hätte es ihr sagen können, statt mit diesem doofen Spiel anzufangen! Er konnte sich auf etwas gefasst machen. Wenn sie nur nachdenken könnte! »Das Fahrrad«, sagte sie nur. »Was ist mit meinem Fahrrad?«

»Also«, sagte Willy, »das habe ich genommen. Während du drinnen warst.«

Er hatte gesehen, wie sie verschwitzt und sauer vom Strand angeradelt kam. Bemerkte das neu gestrichene Fahrrad, hatte nach ihr gerufen, aber sie hatte ihn nicht gehört, war nur hineingestapft und hatte die Tür hinter sich zugeschlagen. Dann hatte er sich das Rad geliehen. Es war ja nicht angeschlossen. Nur für eine Runde. Er machte einen Abstecher nach Hause, um Geld für Eis zu holen. Als er herauskam, war Maggies Fahrrad weg.

»Das war ich«, sagte Merete. »Nur zum Spaß. Ich schaute bei Willy vorbei, wollte nichts Besonderes. Dann sah ich das Fahrrad. Ich dachte, es wäre seins, er hatte davon gesprochen, sein Fahrrad in einer coolen Farbe anzustreichen.«

Wir hatten davon gesprochen, unsere Fahrräder in coolen Farben anzustreichen!, dachte Maggie.

Dann hatte Merete es genommen.

Nur zum Spaß, wie gesagt, sie radelte zu ihrem Großvater und stellte es hinter dem Tor ab. Dann wollte sie mit ihrem eigenen Fahrrad zurück zu Willy fahren und so tun, als wäre nichts gewesen, aber da entdeckte sie, dass ihr Fahrrad einen Platten hatte. Sie ging hinein zu ihrem Großvater, der ihr half, den Schlauch abzunehmen und ihn zu reparieren begann. Den Rest kannten sie ja.

»Aber«, sagte Maggie, »wo ist dann jetzt mein Fahrrad?«

»Keine Ahnung«, antworteten Willy und Merete im Chor.

Er, der nicht mehr der Zermalmer war, kam auf die Veranda hinaus. »Deine Mutter hat angerufen«, sagte er zu Merete. »Meine Schwiegertochter«, fügte er in Richtung Maggie und Willy hinzu. »Sie bittet dich, nach Hause zu kommen.«

»Na gut«, sagte Merete. Als der Großvater wieder hineingegangen war, erklärte sie: »Wir renovieren gerade mein Zimmer. In unserer alten Wohnung habe ich mir ein Stockbett mit meiner Schwester geteilt, aber jetzt haben wir beide ein eigenes Zimmer.«

Maggie sagte, sie habe gedacht, dass Merete bei ihrem Großvater wohnte. Merete erwiderte: »Hier doch nicht! Seit Oma tot ist, hat sich der arme Opa einfach gehen lassen, es sieht ja völlig verfallen aus.«

»Wann ist denn deine Großmutter gestorben?«, fragte Maggie.

»Bevor ich geboren wurde«, antwortete Merete. »Papa hat angeboten, dass wir ihm beim Renovieren und im Garten helfen können, aber Opa will nicht. Es soll alles so bleiben, wie es ist. Nein, ich wohne in dem gelben Haus in der Kurve, wir sind kurz nach dem Johannistag dort eingezogen. Aber jetzt muss ich los!«

Sie gingen zusammen bis zum Tor. Merete schob ihr neu geflicktes Fahrrad. Gerade als sie auf die Straße hinaustraten, kam Maggies großer Bruder angeradelt.

»Hallo, Maggie«, sagte er. »Mama will, dass du nach Hause kommst.«

»Aber du hast ja mein Fahrrad!«, sagte Maggie.

Und so war es.

Er hatte es hinter Pettersens Tor stehen sehen und sofort gewusst, dass es Maggies war. »Ich musste es mir leihen«, sagte er. »Ich wollte mir ein paar Stones-Platten holen. Aber du hättest nicht den alten Lack nehmen sollen, Maggie! Ich habe es dir doch gesagt! Der trocknet ja nie, besonders nicht bei diesem schwülen Wetter. Guck, ich habe Farbe an die Hose bekommen!« Er hielt ein langes Bein hoch.

Und richtig, unten war gelbe Farbe in langen Streifen.

Dann fuhr er weg. Auf dem signalgelb-schwarzen Fahrrad.

Nachdem sie Merete Tschüss gesagt hatten, radelten sie auf Willys Fahrrad los.

Maggie hatte gerade den Mund geöffnet, um mit einem Donnerwetter zu beginnen, als Willy ihr zuvorkam.

»Weißt du was, ich bekomme einen Hund!«

Oh! Willy hatte sich schon ewig einen Hund gewünscht. Maggie vergaß fast, stinkwütend darüber zu sein, dass er sie reingelegt hatte. Seit Ewigkeiten hatte sich Willy einen Hund gewünscht!

»Einen Neufundländer«, sagte Willy und trat in die Pedale. »Einen schwarzen.«

»Die werden riesig«, sagte Maggie neidisch. »Wie soll er denn heißen?«

»Sirius«, sagte Willy.

»Warum?«, fragte Maggie.

»Sirius, der größte Stern am Himmel, weißt du, er gehört zum Sternbild Großer Hund und wir sind jetzt mitten in den Hundstagen«, antwortete Willy.

»Das hat Mama auch gesagt«, bemerkte Maggie. »Da geht immer alles schief!«

»So ein Quatsch«, sagte Willy.

»Gar nicht«, erwiderte Maggie. »Mein Fahrrad war verschwunden!«

»Aber ich bekomme einen Hund, und das wiegt alles auf«, sagte Willy.

Birgitta Stenberg

Ich will dir nichts Böses

Ich will dir nichts Böses, das sollst du wissen …
I want no harm you… gut, sie nickt, sie hat's verstanden.
Ich ziehe sie aus, aber oh, sie hilft mit,
nun, das ist gut, alles scheint gut.

Ich lege sie behutsam auf der Matratze auf den Rücken,
haben sie keine richtigen Betten in diesem Land …

Schon gut, schon gut, *no problem* …
ich streiche sanft über ihren kleinen Bauch
damit sie versteht, dass ich lieb bin,
dass ich ihr nicht schaden will.

Fasse ihre Knie und führe sie sacht auseinander,
genau so, *precisely* heißt das sicher.
Bleib still liegen, ich will dich nur ansehen.
Wunderbar, *you wonderful!*
Genauso klein wie meine Tochter ist sie und doch so reif.
Meine Tochter ist natürlich hübscher.
So habe ich sie allerdings noch nie gesehen,
obwohl ich davon schon ein paar Jahre geträumt habe.

Bis ich auf diese Lösung gekommen bin.
Es war auf der Arbeit, da kamen wir
auf Sextourismus zu sprechen,
alle sagten wir, dass es widerlich sei.

Aber auf einmal erkannte ich, dass ich genau hierher
reisen musste.
Hier wissen die Menschen, was Erotik ist.
Zu Hause würden sie mich nur so einen nennen,
aber hier begreifen sie ...

Take it, take it in your mouth, here, I show ...
oh, oh, man kann nicht widerstehen,
ich berühre jetzt auch ihre kleine Fotze,
so fein, so verschlossen,
nur ein Strich ...

Sie sieht mich an, wie sagt man Augen zu ...

Verdammt, sie hat Angst bekommen
als ich ihr die Hand über die Augen gelegt habe,
versucht ihren Kopf wegzudrehen
vielleicht bin ich ein wenig zu schwer, jetzt
wo ich sie fest drücke
mit dem Schwanz in ihrem kleinen Mund
und jetzt, jetzt komme ich ...
oh Gott, verdammt

Ich habe daran gedacht, zur Fotze zu wandern,
ganz nah daran, aber natürlich nur von außen,
nur von außen.

Einen kurzen Augenblick nur, dann kann sie mir helfen,
ich kriege ihn sicher wieder hoch ...

No be afraid, ich will dir nichts Böses ...

Helena von Zweigbergk

Mama. Tot.

Über Gräber weht der Wind. Die Liebe ist ein seltsames Spiel. Merkwürdig, an was man sich so erinnert. Woher kommen sie, all die Erinnerungen?

Wie sehr Menschen sich doch ändern können. Nicht immer kann man es ihnen verzeihen. Sie brechen Vereinbarungen darüber, wie etwas sein soll. Nicht, dass dies etwas wäre, was man direkt ausspricht. Man sagt normalerweise nicht: Ich verspreche, genauso zu bleiben, wie ich war, als wir uns kennenlernten. Aber man sollte es denken. Man sollte es tun. Manchen Menschen gerät das Leben aus dem Griff, weil ein anderer Mensch eine ganz besondere Art hat. So etwas sollte verpflichten.

Angenommen, du lernst jemanden kennen. Eine Frau. Sie zeigt sich von ihrer besten Seite. Ist einfach nur phantastisch. Du machst vielleicht ein paar Scherze, die ein bisschen plump sind, aber sie lässt sich nichts anmerken. Ist warmherzig und großmütig. Weist dich nicht zurück und sagt niemals: Wie konntest du nur – auf diese harte, höhnische Art.

Man denkt, dass man manchmal einfach ein Riesenglück hat. Richtig Schwein. Unter all den bitteren und selbstgerechten Frauen findest du eine der wenigen, die immer noch weich sind. Die immer noch lachen können und nicht so verzweifelt pedantisch erwarten, dass alles auf eine bestimmte Art zu sein hat.

Wenn man so jemanden trifft, ja, dann lässt man alles sausen. Senkt den Schild, legt die Waffen nieder, entblößt seine Kehle und ist einfach nur glücklich.

So war es mit Lena. So war es mit uns. Nach unserer ersten gemeinsamen Nacht hätte ich einen Tiger erwürgen können, mit meinen bloßen Händen. So stark fühlte ich mich. Volt und PS und weiß der Himmel was noch pulsierten durch meine Glieder. Brannten in meinem Herzen, wie wenn man plötzlich erkennt, wie einsam man bisher gewesen ist. Aber man ist so unbeschreiblich glücklich, dass der Schmerz richtig schön ist.

Ich übertreibe jetzt nicht. Es war so. Und ich glaube wirklich, dass es für Lena auch so war. Aber fragen kann ich sie nicht mehr, denn sie ist tot.

Der Winter, in dem wir uns kennenlernten, war kalt, hart und weiß. Unsere Nasen wurden rot und liefen, wenn wir ins Warme kamen. Zuerst versuchten wir, uns den Rotz diskret abzuwischen, wenn der andere die Jacke aufhängte oder zur Toilette ging. Aber bald schon lachten wir über all das salzig schmeckende Weiche und Gerötete, und ich glaube tatsächlich, dass wir uns dank der Kälte viel schneller nahegekommen sind. Sie konnte mir gegenüber nicht Fräulein Etepetete spielen, nicht mit der Triefnase und den Haaren, die sich wild ringelten, feucht vom Schnee und vom dampfenden Nackenschweiß wegen des dicken Pelzkragens, den sie trug.

Was ist das, was dich nach dreißig verbissen einsamen Jahren, kältestarren, gleichgültigen Jahren, plötzlich leben und lieben lässt? Was hat ein anderer Mensch an sich, das dich aus einem so minutiös vorbereiteten Winterschlaf hervorlocken kann?

Ich schließe die Augen und sehe Lena; ihren weichen Körper, gluckig würde ich ihn nennen wollen, ohne eigentlich zu wissen, was ich damit meine. Wie alle Frauen kniff sie sich in die Speckröllchen und machte dabei ein missmutiges Gesicht, zu viel hier, zu viel da, aber ich glaube, im Grunde sind sie und alle anderen eigentlich ziemlich zufrieden, weil sie doch wissen müssen, dass man nichts anderes will, als richtig etwas zum Anfassen zu haben.

Alles an Lena war heiter. Wo andere vielleicht säuerlich die Miene verziehen würden, misstrauisch und auf der Hut, geradezu lachhaft egozentrisch und auf den eigenen Vorteil bedacht, war Lena das Verständnis in Person. Sie wusste zu geben. Wenn es etwas gibt, was die Menschen heutzutage verlernt haben, dann das: zu geben.

Ich will an einem Beispiel zeigen, was ich meine. Nehmen wir die Sache mit der Eifersucht. Lena wurde meiner Fragen nie überdrüssig und sie machte selbst dann kein genervtes Gesicht, wenn ich nicht lockerließ. Sie wusste, was zu tun war, und sagte Sachen wie: Jedenfalls hat mich noch keiner dazu gebracht, so zu fühlen wie für dich, und das andere, das ist tausend Jahre her und hat nicht mehr das Geringste zu bedeuten. Wir konnten alles der Reihe nach durchgehen und ich habe jeden Kerl in jedem Punkt geschlagen. Es war, als hätte ich meine Hand zu einer harten Faust geballt, aber Lena bog mit ihrer Geduld und ihrer warmen Umarmung einen Finger nach dem anderen auf.

Am Ende war die Faust weit geöffnet, und da legte sie ihre Hand hinein und sagte, jetzt kannst du deine Hand schließen, jetzt sind wir zu zweit, jetzt sind wir zusammen.

Nur drei Wochen nachdem wir uns kennengelernt hatten, zog Lena bei mir ein. Bis dahin hatte sie bei einer Bekannten gewohnt, einer farblosen, missgünstigen Frau, die penetrante Ansichten darüber hatte, was das Beste für Lena wäre, und die ein Gesicht machte, als lutsche sie an etwas Bitterem, als ihr klar wurde, dass Lena und ich mit den unhaltbaren Umständen unserer Liebe aufräumten und dass sie vielleicht auf der Zuschauertribüne Platz nehmen durfte.

Was machten wir eigentlich in diesem ersten halben Jahr, von dem alle Schlager handeln, mit dem alle Filme enden und in dem alles nur eitel Sonnenschein ist? Ich erinnere mich, dass wir in den Nächten tanzten. Langsam wiegten wir uns eng umschlungen, Bauch an Bauch, Auge ruhte in Auge und unsere Zehen liebkosten einander. Wir schliefen natürlich auch miteinander, ihr erwartet sicher, dass ich davon berichte. Dass immer alle so fixiert darauf sind. Wir liebten uns und auch hier war Lena anders als alle anderen. Ich habe es nie gemocht, wenn Frauen im Bett Anweisungen geben. Hier lecken, da streicheln, da reiben, nicht aufhören. Man kommt sich leicht so dumm dabei vor, wie ein alter Pantoffelheld. Das widert mich an. Das widert mich wirklich an. Ihre missmutigen Seufzer, ihr schmollendes Schweigen, wenn man ihrem überriechenden Unterleib nicht genügend Interesse entgegenbringt.

Lena war nie vulgär. Ebenso wie ich betrachtete sie Sex als etwas eher Seelisches. Ich weiß, dass es unmodern ist, so zu denken. Stattdessen wird von einem erwartet, dass man sofort an Geschlechtsverkehr denkt, wenn man sich trifft. Ein neues Sexualobjekt, guten Tag, und was soll ich mit deinem Geschlechtsteil tun?

Ungefähr dasselbe wie bei allen anderen auch, nehme ich an? Wie austauschbar man dann doch für den anderen wird. Bei Lena blieb mir diese Fixierung erspart. Wir hatten gern Sex, waren gern intim. Aber wir brauchten uns gegenseitig keine Porno-Scharaden vorzuspielen.

Wir hatten etwas, das nur uns gehörte. Mir wird immer noch warm, wenn ich daran denke. Natürlich wünschte ich, dass es immer noch so wäre, dass die Zeit damals in jenem Spätwinter stehen geblieben wäre.

Aber das tat sie nicht, die Zeit.

Sie verging langsam. Unendlich langsam, und dennoch bekam ich gar nicht richtig mit, was passierte. Auf ihre grausame, unerbittlich mahlende Art pulverisierte die Zeit das Glück auch für uns. Nicht auf einen Schlag, nicht mit aufsehenerregender Dramatik. Sondern mit diesen klitzekleinen Anzeichen, die einen wahnsinnig machen können, weil man nicht weiß, ob sie nur zum sogenannten Alltag gehören oder ob es wirklich Zeichen dafür sind, dass sich etwas verändert.

Wann machte ich mir zum ersten Mal Gedanken darüber? Als Lena eines Tages den Blick abwandte, statt mir ihr Lächeln zu schenken, als ihre Lippen sich strafften, statt weich zu werden. Was ist?, fragt man dann ja als der Dummkopf, der man ist, und versucht sich zu geben wie immer, aber man hört seine eigene Stimme nicht, weil es im ganzen Kopf rauscht, und man will diesen Blick nicht gesehen haben, der sich abwandte, man will ihn einfach nicht wahrhaben, weil man tief im Herzen weiß, man weiß es, dass sich ab jetzt etwas anderes eingeschlichen hat und man von nun an wie ein wilder Pitbull darum kämpfen muss, dass der Rest des Glücks nicht zur Tür hinausschleicht.

In dem Moment, als sie den Blick abwandte, verriet sie mich.

Wir ahnten beide, dass wir nun aus dem Garten Eden vertrieben waren. Ab jetzt war alles bestenfalls eine lauwarme Wiederholung dessen, was gewesen war.

Ich kämpfte, das tat ich wirklich. Kämpfte, ließ bei keinem von uns Ausflüchte oder Nachlässigkeiten zu. Ich gab mich nicht mit Ausreden zufrieden wie: »Es ist nichts«, oder: »Ich bin nur müde.« Ich forderte viel, ich weiß, dass ich das tat.

Aber ich gab auch viel zurück. Ich konnte eine ganze Nacht lang dasitzen und ihr übers Haar streicheln. Auf jede Nuance lauschen, wenn sie etwas sagte. Niemand liebte sie so wie ich, das sagte ich ihr immer wieder, und ich glaube, dass sie es verstand.

Und an dem Tag, als sie sagte, dass wir ein Kind erwarteten, dachte ich wirklich, wir hätten gesiegt. Dass dies ein Zeichen war.

Es war inzwischen Sommer geworden. Ein warmer, trockener Sommer, schwindelerregend, träge und heiß. Die Sonne ließ alles Grün verdorren, machte es gelb und starr und scharf.

Wir suchten oft die Nähe des Wassers, waren tagsüber am Strand und bummelten abends an den Kais entlang. Am Strand saßen wir stumm nebeneinander und beobachteten die badenden und kreischenden Kinder. »Guck mal«, gellten ihre kleinen Stimmen unablässig in höchsten Tönen. »Guck mal, was ich kann. Gib genau acht.«

Die erschöpften Mütter mit ihren schlaffen Körpern schauten apathisch hin und sagten ihr mechanisches

»Oh, gut« und »Ganz toll«. Dann fuhren sie fort mit ihrer endlosen, resignierten Litanei, der niemand zuhörte. Die Väter lagen stumm und vergessen bäuchlings auf den Decken, vertieft in eine Boulevardzeitung, und warfen heimliche Blicke auf die jungen, barbusigen Mädchen, die sorgfältig und völlig unbekümmert ihre nackten Brüste mit Sonnenmilch eincremten. Nicht einmal die barbusigen Mädchen schienen sich Gedanken über die Anwesenheit der Väter zu machen.

Alles zusammen wirkte verdammt trist.

In der Theorie erkannte ich wohl, dass das dort mit Lenas und meinem zukünftigen Leben zu tun hatte, aber innerlich war es genau andersherum. Innerlich spürte ich einen wachsenden Triumph: so wie die, niemals, wir nicht. Ich glaube wirklich, dass ich mich hinter meiner Sonnenbrille höhnisch durch den ganzen Sommer lächelte. Verächtlich grinsend über die ganze lächerliche Szenerie. Familien. Verblühte Frauen, die niemand mehr attraktiv fand. Kinder, prallvoll von Leben und Kraft, denen niemand zuhörte. Frustrierte Männer, die sich mit einem sandigen Ballerina-Keks zum Kaffee und einem zerstreuten Kopftätscheln zufrieden gaben.

Jeden Nachmittag faltete ich unsere Badelaken zusammen wie eine Siegesgeste. Schüttelte den Sand aus und flaggte Abstand zu ihrem läppischen Gezänk und den leeren Blicken, mit denen die Eltern einander bedachten.

Lena und ich würden uns nie mit leerem Blick ansehen.

Wir erlebten eine Ruhe zusammen, die wir früher nicht gekannt hatten. Ich glaube, das Kind, das in Lenas

Bauch heranwuchs, schenkte uns dieses Gefühl. Alle Unruhe war erloschen. Jetzt gab es keine Notwendigkeit mehr für Fragen oder Antworten, denn das alles war dort drinnen. Dort drinnen keimten und gediehen wir. Zusammengewachsen und verbunden auf ewig.

Also warum musste ich eigentlich anfangen, mich zu ärgern? Warum, warum begann ich mich zu ärgern?

An dieser Stelle muss ich zugeben, dass ich mich ein wenig über mich selbst wunderte. Die Geschichte nahm eine Wendung, die ich nicht hatte vorhersehen können. Aber ich konnte es nicht aufhalten.

Es wird ja immer gesagt, dass Frauen sich verändern, wenn sie schwanger sind. Dass sie schöner werden, so etwas geheimnisvoll Introvertiertes und Gesegnetes bekommen. Hormone oder Göttlichkeit oder alles zusammen – nach dem, was man so hört, erwartet man sanftes Mona-Lisa-Lächeln, liebliche Anmut und eine leuchtende Stirn.

Ich fand, dass Lena hässlich wurde.

Und damit meine ich nicht, dass sie plump wurde, wegen des Bauches und so. Sie sah einfach nur so verdammt überheblich aus. Machte sich wichtig mit ihrer betont tapferen Miene. Stöhnte und schnaufte, lange bevor es einen vernünftigen Grund dafür geben konnte. Legte ständig die Hände um den Bauch und sah mich auf eine so dermaßen klebrige Art an. Ich hatte Lena wirklich wie eine Madonna verehrt, aber nun brachte mich schon ihr bloßer Anblick in Rage.

Das merkte sie natürlich, obwohl ich mir alle Mühe gab, es zu verbergen.

Man hätte ja hoffen können, dass sie ein wenig Rücksicht nähme und mich in Ruhe ließe. Aber im Gegenteil. Sobald ich in der Nähe war, fing sie an zu schnaufen und zu ächzen. Natürlich mit diesem tapferen Lächeln. Die ganze Mühsal des Frau-Seins versammelt in einer edelmütigen Grimasse.

Sie zog sich demonstrativ direkt vor meiner Nase aus, entblößte die strotzenden Brüste und den immer grotesker anschwellenden Bauch. Es kam vor, dass sie jammerte, sie fühle sich einsam, aber wer zum Teufel war denn der Einsamere von uns. Ich bemerkte sehr wohl ihre insgeheim zufriedene Miene, wenn sie über Tritte und Bewegungen zu stöhnen begann. Dann sah sie nicht gerade einsam aus.

Jetzt war es Lena, die Fragen zu stellen begann, und ich derjenige, der antwortete »Es ist nichts« und »Ich bin nur müde«. Was sollte ich auch sagen? Ich dachte, es würde vorbeigehen. Wenn das Kind erst da ist, dann geht das vorüber.

Wir würden eine Familie sein, und ich hatte mich in meinem ganzen Leben noch nie so verlassen gefühlt. Ich spürte einfach, dass ich derjenige war, der außen vor bleiben würde.

Kein Kind kann der klebrigen Umarmung der Mutterschaft entgehen. Man wird im Moment der Geburt hineingezwungen und fortan von resoluten Frauenarmen darin festgehalten, und zwanzig Tonnen Schuld werden einem in den Hals gestopft, als wäre man eine französische Mastgans. Bei jedem Schrei wird einem die Brust in den Mund gesteckt, bis man aufgibt und in all der erdrückenden Wärme erstickt.

So würde es auch meinem Kind ergehen. Lena würde dafür sorgen, dass es ebenso fixiert und zwangsweise symbiotisch wurde wie alle anderen Kinder. Dass es »Mama« brüllte, sobald es seine ersten Worte sagen konnte, und »Mama« brüllte, wenn es einmal auf seinem eigenen Sterbebett lag.

Ich würde gezwungen sein zuzusehen. Würde der ewige Zuschauer sein, der Verlierer, der sich damit abzufinden hatte, dass er von Mutter und Kind abgewiesen wurde, und würde dennoch auf Knien an Ort und Stelle verharren müssen, mit immer krampfhafter bettelndem Hundeblick. Nicht ums Verrecken würde ich das aushalten.

Wenn sie doch einfach das Kind zur Welt bringen und anschließend sterben könnte.

Bereits ziemlich früh während Lenas Schwangerschaft begann ich so zu denken. Wenn sie doch nur sterben könnte. Früher taten Frauen das ja. Aber Lena war die ganze Zeit so provozierend kerngesund. Jedes Mal, wenn sie im Müttergesundheitszentrum gewesen war, berichtete sie, dass alle, wirklich alle Frauen unter Blutarmut litten, nur sie nicht. Sie zählte die Laborwerte auf, als wären die so was wie Zeugnisnoten, und Lena hatte natürlich immer die besten, mit Goldsternchen und Auszeichnung. Vielleicht hatte sie gedacht, ich würde sie dafür loben, aber was hätte ich denn sagen sollen? Was du für tolle Werte hast, mein Schatz. Was für ein phantastischer, guter Mensch du sein musst. Solche Werte hat mit Sicherheit nicht jede. Du bist ein Prachtexemplar von werdender Mutter, mein Liebling.

Lenchen, du bist offenbar dafür gemacht, Kinder auszutragen.

Es klingt verrückt, aber ich glaube wirklich, dass sie etwas in der Art hören wollte. Gemeine Knauserigkeit war nicht der Grund, warum ich nie etwas derartiges zu ihr sagte, obwohl sie doch so offensichtlich darauf aus war. Der Grund war ein hinterhältig wachsender Hass.

Ich kann ebensogut zugeben, dass es so war.

Als Jonathan dann geboren wurde, erreichte Lena den Gipfel ihres Mutter-Trips. Zwar schrie und keuchte sie bei der Entbindung, aber auf die genau richtige Weise, jedenfalls wenn man dem Schwarm Hebammen glauben will, der die ganze Zeit um sie herumflatterte und sie anfeuerte. »Das machst du gut, Lena. Ach, du bist ja so tüchtig. Jetzt pressen. Ja, genau so. Du machst das völlig richtig.«

Keine Betäubung außer Lachgas für meine Heldin, und nach nur wenigen Stunden kam er auf die Welt. Schmierig, rot und wütend. Mein Sohn. Schon beim ersten Blick auf ihn wusste ich, dass wir für den Rest des Lebens zusammengehörten. Er roch widerlich nach Ausscheidungen, und ich wollte ihn nehmen und waschen. Mit Seife, um den Gestank wegzubekommen. Aber Lena und die Hebamme ließen mich nicht. Das sei ein ganz wunderbarer Schutz für seinen Körper, behaupteten sie. Wer eine solch phantastische Creme wie Käseschmiere in Dosen verkaufte, würde Millionär werden, scherzte die Hebamme.

Lena hatte Jonathan an die Brust gelegt, bevor sie wichtigtuerisch verkündete, dass die Erstmilch ebenso viel Infektionsschutz enthielt wie fünfzig Gammaglobulinspritzen. Da lag er nun ganz hilflos und trank, der kleine Wurm. Was hätte er auch sonst tun sollen? In welche Alternativen wird man hineingeboren? Hat man überhaupt welche?

Ich wollte nicht im Krankenhaus bleiben. Ich hatte sie dermaßen abgrundtief satt, diese liebenswürdigen Frauen, die so betont entgegenkommend waren und doch ganz schnell mit misstrauischen Blicken dabei, sobald man sich nicht so benahm, wie sie es für richtig hielten. Einfach wegzugehen war genau so ein Benehmen. Undenkbar. Sie fanden, ich sollte dableiben und Wurstbrote essen.

An dem Abend tat ich etwas, was ich schon sehr lange nicht mehr getan hatte. Ich lieh mir einen Pornofilm aus. Einen richtig schweinischen Porno. Eine fette Frau in schlecht sitzender Reizwäsche wurde von hinten rangenommen und von zwei Kerlen mit Ledermasken ausgepeitscht.

Ich übertreibe nicht, wenn ich sage, dass es mir in jener Nacht zehn Mal kam. Es war nicht so, dass ich keinen Respekt vor der Geburt meines Sohnes gehabt hätte. Denn den hatte ich sehr wohl.

Ich war nur gleichzeitig so merkwürdig frustriert.

Am nächsten Tag fühlte ich mich gereinigt. Ich brachte den Pornoschinken zurück, ohne noch einen einzigen Blick auf das Cover zu werfen. Ich nahm mir vor, es jetzt wirklich zu versuchen.

In der U-Bahn auf dem Weg zum Krankenhaus holte ich ein Foto von Lena aus meiner Brieftasche. Ich wusste ja, wie sehr ich dieses Foto geliebt hatte. Es war irgendwann im März aufgenommen worden, die Farben sind blass und das Licht ist hart. Lena lächelt darauf auf diese warme Art, die mich früher so fasziniert hat.

Ich saß da mit dem Foto und betete zu Gott, zu meinem Herzen und zu Lenas Bild: Sprich wieder mit mir. Sprich mit mir wieder so, wie du es früher getan hast. Lass dieses Magische, Große wieder passieren.

Das Einzige, was passierte, war, dass ich einen saublöden Schlager zu pfeifen begann, dessen Text lautet:

»Zünd eine Kerze an und lass sie brennen, auf dass die Hoffnung niemals vergeht.« Und als ich die Zeilen im Kopf vor mich hin sang, war meine Stimme sarkastisch. Es war, als paarte sich kalter Hohn mit aufrichtiger Verzweiflung. Ich wollte heim, ich wollte Jonathan mit nach Hause nehmen, und Lena tatsächlich auch. Ich wollte ein Zuhause haben.

Als ich im Krankenhaus in Lenas Zimmer kam, war sie nicht da. In einer Art Plastikkorb auf Rädern lag Jonathan und schlief. Er nuckelte an seiner Unterlippe und ein Arm zuckte ein wenig. Ab und an gab er eine Art kleinen Grunzer von sich. Das mit seinen Geräuschen berührte mich besonders. Dass er sie von sich gab, machte ihn – ja, es mag komisch klingen – so viel lebendiger, als ich gedacht hatte.

Ich nahm ihn hoch und setzte mich in einen Sessel am Fenster. Sein Kopf war völlig haltlos, er baumelte hin und her. Vorsichtig schob ich eine Hand unter den Kopf, um ihn zu stützen, und mit der anderen hielt ich seinen Rücken. Ich drehte sein Gesicht dem Licht zu.

Da öffnete er ganz still die Augen. Runzelte die Augenbrauen. Die Pupillen irrten hin und her, als wäre er auf einer sehr langen Reise gewesen und noch nicht richtig angekommen.

Um die Fuß- und Handgelenke trug er Plastikstreifen mit Ziffern, als wäre er bereits gemustert und rekrutiert. Der Plastikstreifen am Fuß hatte sich gelockert und ich machte ihn vorsichtig ab und warf ihn unters Bett. Seine Beine waren immer noch angewinkelt, wie bei einem gerupften Huhn. Ich weiß, der Vergleich klingt drastisch, aber ich dachte an die Tigerkäfige in Vietnam. Darin mussten die Gefangenen so lange kauern, dass sie ihre Beine nicht mehr benutzen konnten. Sie schleppten sich mit dem Körper vorwärts und mussten die Beine mit den Händen nachholen.

Jonathans Beine sahen auch verkrüppelt aus. So eingeklemmt war er da drinnen im Bauch gewesen, der Ärmste. So eingezwängt, dass er deformiert war. Das würde vorbeigehen, ich wusste es ja. Aber die zusammengepressten Beine da drinnen im Bauch gaben ein so ergreifendes Bild davon, wie eingeschnürt man im Leben ist, schon von Anfang an. Seine Beine würden sich strecken, natürlich. Aber dann? Wie deformiert würde er danach sein?

Plötzlich begann ich zu weinen.

Lena öffnete die Tür und kam mit einer großen Portion Dickmilch und Cornflakes herein. Als sie mich so sitzen sah, heulend mit Jonathan auf dem Schoß, stellte sie schnell den Teller hin, kam zu mir und umarmte mich. »Ist er nicht wunderbar?«, flüsterte sie und hatte ebenfalls Tränen in den Augen.

Das war mehr, als ich verkraften konnte. Ich erhob mich hastig und Jonathan erschrak. Er ruderte mit den Armen und fing an zu schreien. Lena übernahm ihn rasch und ich lief hinaus auf den Flur, mit dem Arm vor dem Gesicht. Riss die Tür zu einer Toilette auf, in der der Geruch von Urin und altem Blut über den Geruch des speziellen Putzmittels gesiegt hatte, das offenbar alle Krankenhäuser verwenden.

Das Weinen hörte ebenso schnell auf, wie es gekommen war. Da saß ich zwischen Bergen von riesigen Binden und hochtrabenden Stillplakaten und wollte wirklich noch eine Weile weinen. Verstand ja, dass es möglicherweise etwas bewirkte, dass das Weinen mir vielleicht helfen konnte, zu Lena und zu unserer Liebe zurückzufinden. Aber es ging nicht. Der Blick, der mir im Spiegel begegnete, war nicht im Mindesten hoffnungsvoll. Er sah aus, als wüsste er etwas, was ich um nichts in der Welt preisgeben wollte. Wo ich Liebe zu sehen hoffte, sah er Hass. Wo ich auf Zuversicht hoffte, zeugte der Blick von etwas, das bereits tot war.

Wenn man lange genug auf sein eigenes Spiegelbild starrt, befällt einen ein Gefühl von Unwirklichkeit. Sein Ich sollte man ein bisschen auf Distanz halten, wenn ihr wisst, was ich meine. Nicht zu nahe kommen. Nicht zu genau hinschauen. Am Ende sucht man nach irgendwas, nur um sich abzulenken. Am besten, man bleibt in Deckung. Hütet sich.

Als ich wieder zu Lena und Jonathan ging, war es ungefähr das, was ich mir selbst versprach. Schau nicht zu genau hin. Spiel, verdammt noch mal. Wenn du richtig gut spielst, wächst du vielleicht in die Rolle hinein.

Dann fuhren wir nach Hause.

Diese verdammte beschissene Liebe. Beginnt als Versprechen und endet als Verrat. Man wähnt sich wahrgenommen und begreift nach einer Weile, dass es sich nur um die Konfliktscheu und Liebenswürdigkeit des anderen handelte. Man wähnt sich verstanden, aber der andere hat Fragen und Widerspruch nur unterdrückt, um einen näher zu locken. Am Anfang sagt man Ja und Wir und bis ans Ende. Dann kommen die Vorbehalte, der Zweifel, der Abstieg. Man beginnt auf dem Gipfel und fällt. Hart oder weich, aber man fällt.

Wir schwebten abwärts wie Schneeflocken. Lautlos im Frost. Unmerklich, aber dennoch wussten wir, auf welchem Weg wir waren.

Lena beanspruchte Jonathan vom ersten Moment an

für sich, und da war er dann, bei ihr. Gleichzeitig schien es so, als wollte sie mich dabeihaben, wenn auch eher als eine Art Zuschauer. Damit ich ihre innige Verbundenheit bezeugte.

Jonathan lag an ihrer überquellenden Brust und saugte, dass es nur so schmatzte und gluckerte. Sie sah ihn an, lächelte und redete eine Menge dummes Zeug. Dann suchte sie meinen Blick mit ihrem aufgepappten Lächeln. Bin ich nicht eine tolle Mutter? Haben wir nicht einen tollen Kontakt, mein Sohn und ich? Und du darfst Papa sein, du darfst Papa sein. Kümmere dich um uns, dann erlauben wir dir, hier zu sitzen und uns dabei zuzusehen, wie wir auf diese ganz besondere Art zusammenwachsen.

Hin und wieder versuchte sie, mich in praktischere Dinge einzubeziehen. »Kannst du ihm den Strampler anziehen«, sagte sie dann vielleicht mit so einer albern-ermunternden Miene. Als wäre ich ein Idiot. Nein danke. Ich wollte nicht den Trottel geben, den sie ein wenig nachsichtig belächeln konnte, um ihm anschließend zu zeigen, wie man so etwas macht.

Aber sie hatte es nicht immer leicht, die Lena. Obwohl sie im Allgemeinen apfelbäckig und penetrant gesund war, konnte Jonathan ihr manchmal wirklich den letzten Nerv rauben. Mal war er krank, mal war er nur anstrengend. Hin und wieder, wenn ich morgens aufstand, fand ich sie in der Küche, einen kleinen aufgeweckten Racker und sie daneben mit glasigen Augen und zitternder Unterlippe. Sie sagte Sachen wie: »Wenn ich nicht bald Schlaf kriege, werde ich noch wahnsinnig.«

Aber das sagte sie nur so. Lena wurde nicht wahnsinnig. Manchmal malte ich mir aus, sie würde es tatsächlich. Wie es wäre, wenn Jonathan sie so weit bringen könnte, dass sie zusammenklappte. Ich hoffte es beinahe. Dann könnte ich sie in irgendeine Notaufnahme bringen, und danach gäbe es nur noch ihn und mich.

Doch es blieb immer nur bei den blanken, bittenden Augen. Wir konnten auf ihr herumtrampeln, Jonathan und ich. Konnten fordern und fordern, und falls dann noch etwas von ihr selbst übrig war, konnte man es mit der Lupe suchen.

Früher hätte ich das sicher als einen Beweis für Lenas engelsgleiche Güte betrachtet. Jetzt sah ich etwas anderes. Sie war nicht lieb. Sie war berechnend. Platzierte sich auf dem Gipfel eines Bergs von Schuld und brachte einen dazu, sich nur immer kleiner zu fühlen.

Ich hasste sie dafür. Ich hasste sie wirklich dafür. Es war eine Sorte Hass, die sich nicht in Worte fassen ließ. Wut und Hass nagten so sehr an mir, dass ich mich am ganzen Körper kratzen musste, dass ich nicht stillsitzen konnte, dass ich selbst auf die harmloseste Frage nicht antworten konnte, ohne vor Sarkasmus zu beben.

Jonathan war anderthalb Jahre alt, als mir klar wurde, was ich tun musste. Und tatsächlich habe ich mich seinetwegen dazu entschlossen.

Es werden wohl nicht viele sein, die das verstehen können und mir beipflichten. Ich sehe das ein. Aber Jonathan wurde völlig verdorben. Hing dauernd an Lenas Rockzipfel. Wenn ich mal die Hand nach ihm ausstreckte oder versuchte, ihn auf den Arm zu nehmen, wand er sich wie ein Wurm. Hochrot im Gesicht und keuchend wehrte er sich und wollte zurück zu Lena.

Nicht so grob, mahnte Lena nervös. Aber es machte mich wütend, das begriff sie doch wohl.

Ich wollte ganz einfach, dass er einmal ein würdiges Leben führt. Dass aus ihm ein eigenständiger Mensch wird und nicht ein kümmerliches Überbleibsel der mütterlichen Umklammerung.

Kurz vor Mittsommer beschloss ich, dass sie weg musste.

Seltsam war nur: Kaum hatte ich mich dazu entschlossen, erwachte meine Liebe zu Lena wieder. In mir floss alles über vor Zärtlichkeit. Eigentlich wollte ich ihr ja nichts Böses. Ich wünschte wirklich, ich könnte sie dazu bringen, dass sie verstand, warum es notwendig war, warum ich es ganz einfach tun musste.

In jenem Sommer hatten wir eine Hütte gemietet, die ziemlich tief im Wald lag. Lena gegenüber begründete ich das damit, dass Jonathan dort frei herumlaufen und spielen könnte, und ich versprach, mich ganz allein um alles zu kümmern.

Irgendwie stimmte das ja auch.

Lena wirkte so dankbar und froh darüber, mich zurückgewonnen zu haben und dass ich wieder lieb und nett war. Ein paar kleine freundliche Gesten, mehr war nicht nötig. Dass es so leicht war, sie zu erfreuen, rührte mich richtig. Es brachte mich dazu, in Lena wieder die besondere Frau zu sehen, die nicht wie die anderen ist. Sie war keine, die grundlos wütend und sauer wurde.

In der Mittsommernacht sollte es passieren. Vielleicht ein bisschen albern, eine besondere Nacht dafür auszuwählen. Jonathan schlief in seinem Bett. Lena hatte ihm bestimmt vierzehnmal einen Gutenachtkuss gegeben. Normalerweise ging mir dieses Geschmuse vor dem Einschlafen mächtig auf die Nerven. Meistens ging ich dann hin und schimpfte, dass es nun verdammt noch mal aber genug sei. Jonathan begann dann immer zu weinen, aber meine Güte, irgendwo muss doch mal Schluss sein.

Aber an diesem Abend ließ ich sie machen.

Lena und ich saßen im Esszimmer und tranken Kaffee zum Nachtisch. Alles war sorgfältig vorbereitet. Die Tür zum Esszimmer hatte ich heimlich abgeschlossen. Mein Herz klopfte so hart und laut, dass ich dachte, Lena müsste es hören.

Wochenlang hatte ich an der Rede gefeilt, die ich nun halten wollte. Es war ein merkwürdiges Gefühl, das Wort zu ergreifen. Meine Stimme versagte beinahe. Kippte ins Falsett, als wäre ich gerade in den Stimmbruch gekommen.

Aber nach einigem Räuspern ging es dann. Die Worte flossen nur so aus mir heraus. Ich erzählte von mir. Von meiner Kindheit. Welche Hilfe mir meine Erlebnisse von damals jetzt waren, wo ich sah, was mit Jonathan passierte. Dass ich Lena liebte, auch wenn sie nun sterben musste. Aber dass es das Beste für alle war, wirklich. Ganz einfach notwendig.

Als ich zum Ende dessen kam, was ich hatte sagen wollen, blickte ich auf die Uhr und erkannte, dass ich fünf Stunden lang ununterbrochen geredet hatte. Die Nacht war gekommen und wieder verblasst. Ich war völlig durchgeschwitzt und mein Mund war trocken.

Die Leute glauben immer, sie wüssten, was Angst ist. Sie haben Filme gesehen und Bücher gelesen und meinen, sie wüssten, wie es ist, wenn man Angst hat, richtige Todesangst. Sie glauben zu wissen, was man in dem Moment tut, in dem man um sein Leben bangt.

Einen Scheißdreck wissen sie.

Wenn sie Lena in jener Nacht gesehen hätten, wäre

ihnen klar geworden, dass echte Angst nicht mit Schreien und tobendem Widerstand einhergehen muss. Natürlich versuchte Lena wegzulaufen. Aber das ging ja nicht. Als sie das begriffen hatte, sank sie gleichsam in sich zusammen. Vollkommen verzagt. Brachte kaum ein Wort heraus.

»Bitte«, bettelte sie nur mit dünner und resignierter Stimme. Aus ihren Augen flossen Tränen. Man konnte es nicht mal Weinen nennen. Sie liefen einfach heraus, eine Träne nach der anderen. Und dann dieses hoffnungslose »Bitte«. Bitte, bitte, tu es nicht.

Als ich ihr dann die Schlinge um den Hals legte, schrie sie ein bisschen und versuchte wohl auch, sich dagegen zu wehren. Aber Lena war ziemlich schmächtig und klein. Es ging alles ganz einfach.

Es war ein großes Risiko, Lena aufzuhängen und hinterher zu behaupten, sie hätte Selbstmord begangen. Es war ein großes Risiko, und ich war darauf gefasst, dass es misslingen könnte. Man hat ja in Filmen gesehen, wie hartnäckig diese Kriminalkommissare sein können. Aber als ich die Polizei rief, war ich selbst überrascht, dass ich schrie und völlig verzweifelt wirkte. Ich war es wohl auch, irgendwie. Als sie dann kamen, war ich genauso am Boden zerstört, wie man es von einem Mann erwarten kann, dessen Frau sich gerade das Leben genommen hat.

Später tauchten andere Dinge auf, die mir eine große Hilfe waren. Beim Kinderarzt meinten sie, dass Lena ihnen komisch und »wenig kommunikativ« vorgekommen sei. Wie sich herausstellte, war Lena außerdem als Teenager wegen schwerer Depressionen in der Psychiatrie gewesen. Zweimal hatte sie versucht, sich das Leben zu nehmen. Das hatte sie mir nie erzählt! Jetzt erschien es mir wie eine Stimme aus dem Jenseits. Eine Stimme, die sagte, dass ich das Richtige getan hatte. Sie befreite mich von meiner Schuld.

Es wurde Herbst. Mit der Stille hatte ich nicht gerechnet. Als Jonathan und ich in unserem neuen Leben zusammenfinden sollten, war da eine Stille, die sich nicht vertreiben ließ.

Jonathan sprach so gut wie nie. Er lutschte an seinem Daumen und drehte Locken in sein Haar. Wie ein Verrückter zwirbelte er die Haarsträhnen, sodass sie zu dicken Filzsträngen wurden, die ich abschneiden musste.

Da ich nun der einzige Mensch in seinem Leben war, hatte ich mir vorgestellt, dass er mir gegenüber etwas zutraulicher werden würde. Aber er versteifte sich ganz seltsam. Lehnte sich auf dem Sofa nie an mich und kam nachts nicht in mein Bett. Früher war er keine Sekunde still gewesen. War herumgelaufen und hatte geplappert und tausend Dinge angestellt. Jetzt saß er meist nur da und kramte in seinen Sachen und gab keinen Ton von sich.

Ich sprach viel mit ihm, denn kaum hörte ich auf zu reden, kehrte Stille ein – auf eine Art, die mich wahnsinnig machte. Ganz egal, ob Fernseher, Radio und CD-Player gleichzeitig liefen. Die Stille übertönte alles.

Das geht vorbei, sagte ich mir wieder und wieder. Es ist eine schwierige Zeit jetzt, aber sie geht vorbei.

Manchmal brachte er mich zur Weißglut. Ich gab mir wirklich alle Mühe. Widmete mich nur ihm. Hatte keinen Kontakt zu anderen Leuten, außer im Job und im Kindergarten.

Ich versuchte, mir lustige Sachen auszudenken, die wir machen könnten. Kaufte irgendwelches Zeug für ihn, Süßigkeiten. Aber ich drang nicht zu ihm durch, kam nicht vorbei an dieser Starre. Einmal war ich mit meiner Geduld am Ende. »Du kannst wohl wenigstens Danke sagen«, fauchte ich und schüttelte ihn leicht.

»Dante«, sagte er beinahe mechanisch. Seitdem hat er fast die ganze Zeit »dante« gesagt. Nicht freundlich, nicht dankbar. Sondern auf eine gehorsame, resignierte Art. Hier ist dein Frühstückstoast. Dante. Ich helfe dir mit den Stiefeln. Dante. Wie gut, dass wir den Bus noch gekriegt haben. Dante. Ich habe dich von deiner Mutter erlöst.

Dante.

Sagte er nicht, aber das konnte man auch wohl nicht erwarten.

Ein Jahr verging, bis ich begriff, dass Jonathan nicht zu retten war. Es war zu spät, trotz allem. Wie so viele Mütter hatte Lena ihn mit Lebenskraft versorgt. Wie so viele Mütter hatte sie seine Lebensfreude als Unterpfand genommen. Das nur durch Unterwerfung eingelöst werden konnte. Dieses Unterpfand hatte sie mit ins Grab genommen. Ich hatte nicht erwartet, dass es schon so weit gekommen war.

Ich bereute nicht, was ich getan hatte. Aber ich hätte es früher tun sollen. Dann wäre mir die schmerzliche Aufgabe erspart geblieben, die ich nun zu erfüllen hatte. Dann hätte Jonathan ein freies Leben vor sich gehabt.

Dieser Weg ist nun versperrt. Ich wünschte, jemand hätte das, was ich ihm jetzt antun muss, mir angetan, als ich in seinem Alter war. Ja, das wünsche ich mir wirklich. Dann wäre mir dieser Pfad der Erniedrigung auf Erden erspart geblieben.

Wieder dieses Licht. Diese weichen Konturen des Frühsommers. Diese Tage, die nicht enden wollen.

Ich hatte Schlaftabletten gehortet, die mir ein mitfühlender Arzt nach Lenas Tod verschrieben hatte. Aus irgendeinem Grund hatte ich sie gesammelt, um mehr gebeten und weiter gesammelt. Hatte im Gefühl gehabt, dass ich sie brauchen würde.

Und ich wünschte Jonathan ja alles erdenklich Gute auf dieser Welt. Einen guten, schönen Schlaf. Ich stellte mir oft vor, wie sein Gesicht sich endlich glättete. Wie dieses Angespannte wich. Sich auflöste.

Wieder das Licht und die Ruhe. Etwas in mir ließ los. Der harte Knoten in meinem Herzen ging auf. Ich hatte die Tabletten in einem Mörser zerrieben und wollte sie unter Himbeermarmelade mischen. Jonathan mochte diese Marmelade, und Waffeln. Die sollte er bekommen.

Während ich die Waffeln bestrich, merkte ich plötzlich, dass ich schwieg. Vielleicht pfiff ich ein wenig vor mich hin. Aber ich redete nicht ununterbrochen. Das war nicht nötig. Ich ließ los und die Stille, die einzog, war einfach nur schön.

Was war das für ein Kampf gewesen. Was für ein verzweifelter Kampf. Und nun war er endlich vorbei. Ich gab nach, und großer Gott im Himmel, wie wunderbar es war nachzugeben.

Jonathan saß am Küchentisch und wartete. Ganz still, so wie meistens in der letzten Zeit. Aber er sah mich auf eine Art an, wie er es noch nie getan hatte. Mit ganz großen Augen.

»Mama tot«, sagte er plötzlich.

Und dann lächelte er.

Aus diesem Grund schreibe ich jetzt diese Zeilen. Man muss seine eigenen Grenzen erkennen. Darauf läuft wohl alles im Leben hinaus. Seine eigenen Grenzen zu erkennen. Das habe ich nun getan. Vielleicht bleibt es Jonathan erspart, diese Erfahrung auf eine so unglaublich stümperhafte Art zu machen wie ich. Für ihn gibt es trotz allem noch Hoffnung. Jetzt weiß ich das.

Ich werde gründlich vorgehen. Schlaftabletten und Rasierklinge in der Badewanne. Loslassen. Es wird schön sein, loszulassen. Hineinzugleiten. Sich hinzugeben.

Kümmert euch um Jonathan, wer immer ihr seid.

Lasst ihn als freien Menschen aufwachsen.

Jorun Thørring

Schwiegermutters Traum

»Es besteht ja wohl kaum ein Zweifel, dass sie bald stirbt.«

Hermann Eckel leckte an der Zigarre und lehnte sich zu seinem Schwager Thomas Moe hinüber, der ihm Feuer gab. Das Pflichtgefühl hatte ihn hergetrieben, begleitet von dem Drang, die Immobilie zu kontrollieren, von der ihm eines Tages die Hälfte zuerkannt werden würde. Hermann war Witwer und früher mit einer der beiden Töchter des Hauses verheiratet gewesen. Das Weihnachtsessen war verspeist und Thomas' Frau Karin kümmerte sich in der Küche um den Abwasch.

»Wie kommst du denn darauf?« Thomas Moes Stimme klang leicht und unbeschwert.

»Sie ist 83 Jahre alt, verflixt noch mal. Außerdem ... dünn geworden, sie scheint mir weniger ... lebendig. Sie wollte uns auf Teufel komm raus hier haben. Hat ja selbst gesagt, es ginge ihr schlechter. Warum sonst verbringen wir Weihnachten in diesem zugigen Mausoleum?«

»Der Cognac ging ihr jedenfalls runter wie immer. Und wenn sie erst den Mund aufmacht, ist ihre Zunge genau so spitz wie früher. Ich glaube, du kannst nicht damit rechnen, dass hier in den nächsten Jahren ein Erbe zu verteilen ist. Die Mutter unserer Schwiegermutter ist 99 Jahre alt geworden, sagt meine Frau.«

»Ach du Schande.«

Sie rauchten einen Moment schweigend. Betrachteten, wie Karin im Speisezimmer rumorte und wie ein Geist herumscharwenzelte.

»Benutzte man früher nicht Arsen?«, fragte Thomas beiläufig, während sein Blick Karin folgte. Er schmunzelte leise, und die kleinen Augen in seinem wulstigen, wohlgenährten Gesicht funkelten.

»He, he ... Da ist es doch noch einfacher, eine Treppe runterzufallen.«

Plötzlich wurde Thomas ernst. »Viele Leute werden aus Versehen vergiftet. Oder sie erfrieren direkt vor ihrem Haus.« Er nickte zum Fenster. »Ist nicht gut, so abseits im finsteren Wald zu wohnen, wenn man älter wird, weißt du. Und latent dement.«

»Sie ist wohl leider kaum dementer als wir.«

»Das weiß außer uns aber niemand. Sie hat ja nie Besuch. Geht nie aus dem Haus, soweit ich weiß. Dazu ist sie viel zu gebrechlich.«

Sie nickten in trautem Einverständnis.

»Das Schlimmste ist, dass man gezwungen wird, Weihnachten hier zu verbringen, weil Schwiegermuttern behauptet, es gehe ihr schlecht. Und dann muss man es mit dem alten Schrapnell aushalten, nur weil ihre Tochter übertrieben dienstbeflissen ist. Eine kleinere Gans als heute haben sich vier Leute zweifellos noch nie geteilt.«

»Langfristig gesehen kann es sich lohnen, Thomas. Denk dran, die Immobilie ist ansehnlich, das Grundstück riesig. In ein paar Jahren ist die Gegend hier ein Ballungszentrum. Man könnte hier tolle Terrassenwohnungen bauen.« Hermann schnippte die Asche von seiner Zigarre. »Ich habe die Grundrisse der Immobilie mitgebracht und einen Makler kontaktiert, der bereit ist, mit uns zusammen die Möglichkeiten des Grundstücks zu eruieren. Es kann ja nicht schaden, schon mal mit der Planung anzufangen. Mal alles zu Papier zu bringen.«

»Ich muss schon sagen, dafür, dass du dich nicht mit mir abgesprochen hast, warst du ziemlich aktiv.«

Sie schwiegen und schauten aneinander vorbei. Mit einem Mal lag misstrauische Unzufriedenheit in der Luft.

»Von welchem Grundstück sprichst du denn, Hermann?« Karin stand plötzlich mit einer Kanne Kaffee und Tassen in der Tür. »Ich habe gehört, dass du von einem Bauunternehmer gesprochen hast. Von Wohnungen.«

Beim Anblick seiner hageren, spitznasigen Schwägerin wand sich Hermann unbehaglich. Er hatte sich nie mit ihr verstanden. »Äh ...«

Thomas winkte seine Frau fort. »Wir diskutieren Geschäftsangelegenheiten, Karin. Dinge, von denen du keine Ahnung hast. Stell das Tablett einfach hierher.«

»Wie wäre es denn, wenn ihr ein bisschen mehr Umsicht zeigen und sie einladen würdet, mit euch Kaffee zu trinken?« Sie schob sich das Haar aus der verschwitzten Stirn.

»Meine liebe Karin. Deine Mutter zieht sich nach dem Essen immer zurück, um sich auszuruhen.« Thomas sog an der Zigarre, die inzwischen erloschen war. »Streichhölzer ...? Mist, könntest du Streichhölzer holen und die Kerzen anzünden, Karin? Und noch ein bisschen dunkle Schokolade zum Cognac, wenn du schon dabei bist.«

Sie verschwand und Hermann atmete auf.

»Verzeih, dass ich das sagen muss, Thomas, aber deine Frau lauscht an der Tür. Sie schleicht auf Zehenspitzen herum, man hört sie nicht. Ehrlich gesagt, wird sie ihrer Mutter immer ähnlicher, und das nicht nur äußerlich.« Er hielt inne, doch dann brach es aus ihm heraus: »Es ist unerträglich!«

Thomas zuckte die Achseln. »Man muss sie nur zu nehmen wissen. Mutter wie Tochter.« Er nahm den Faden wieder auf. »Die meisten Leute haben eigentlich genug, wenn sie so alt geworden sind. Sie wollen loslassen, würden es begrüßen, wenn ihnen jemand ... helfen würde ... um es mal so auszudrücken.« Er warf Hermann einen schnellen Blick zu, unsicher, ob er den Bogen überspannt hatte. Doch Hermann saß im Halbdunkel des Wohnzimmers und rauchte ungerührt, sein Gesichtsausdruck war nicht zu deuten.

»Ich glaube, du hast da einen wichtigen Punkt erwähnt. Wir sollten uns nicht unserer Verantwortung entziehen«, sagte er schließlich und blinzelte zu Thomas hinüber. »Du bist doch Tierarzt, Thomas. Hast du nicht täglich mit derlei Akten der Barmherzigkeit zu tun?«

Louise Gran breitete sich die Decke über die Knie und streckte die Hand nach der Likörflasche aus. Im Holzofen in der Ecke brannte ein frisches Feuer, aber das Zimmer war noch kühl. Vorsichtig schob sie ihren Stuhl noch dichter an die kleine Bodenluke neben dem Ofen heran und machte es sich zum Lauschen bequem.

Ihr Vater hatte seinerzeit diese Öffnung im Boden einrichten und mit einem Drahtnetz abdecken lassen, damit die Wärme aus dem Wohnzimmer darunter ins Schlafzimmer aufsteigen konnte und es vor dem Zubettgehen aufwärmte. Durch das Gitter in der Luke zog der Zigarrenrauch zu ihr herauf, vermischt mit den Stimmen ihrer beiden Schwiegersöhne. Sie waren so klar, wie der leuchtende Tag. »Die meisten Leute haben eigentlich genug, wenn sie so alt geworden sind ... wollen loslassen ... würden es begrüßen, wenn ihnen jemand helfen würde ...«

Ein Ausdruck des Erstaunens legte sich auf Louises Gesicht und nachdem sie eine Weile gelauscht hatte, wich er Verärgerung. Genug haben? Sie nippte an ihrem Likör und schnüffelte begierig den Zigarrenrauch von unten. Das Schicksal hatte ihr einen Holzkopf von Schwiegersohn beschert. Nein, zwei sogar. Diese Dummköpfe ahnten nicht, dass sie den ganzen Tag Treppen stieg. Oder dass sie meilenweit ging, um sich die schwarzen Krähenbeeren zu sichern, aus denen sie ihren Wein machte, und um Kräuter für ihren Likör und ihre Medizin zu sammeln.

Genau genommen hatte sie ihre ganz eigenen Methoden. Als sich Weihnachten näherte und der Besuch bevorstand, holte sie ihren Stock vom Dachboden und stakste mit krummem Rücken und hinkend durch die Gegend. Es wäre ihr im Traum nicht eingefallen, für die Gäste zu springen und ihnen aufzuwarten. Sie genoss die nur halbherzig unterdrückte Enttäuschung ihrer Schwiegersöhne, als sie erkannten, dass sie keineswegs so schlecht dran war, wie sie erwartet hatten. Sie sprachen über ihren Kopf hinweg, als ob sie weder hören noch sehen könnte. In diesem Irrglauben konnten sie gern bleiben. Zudem war die Gans, die sie am Weihnachtsabend verzehrt hatten, die kleinste und magerste, die der Kaufmann hatte auftreiben können. Am Silvesterabend würde es noch spartanischer werden. Sie konnten ruhig ein wenig hungern. Sie hatte noch einige Überraschungen für sie in petto.

Sie hob das Glas an den Mund und lauschte interessiert mit halb zusammengekniffenen Augen, als Thomas' rostige Stimme verschiedene Todesarten aufzählte. Dieser Mann hatte wirklich keine Phantasie.

Die Tür ging leise auf und Karin kam mit Kaffee für sie beide herein. Louise legte den Finger auf die Lippen. Lautlos glitt Karin durch den Raum und räumte auf der Kommode Platz für das Kaffeetablett frei. Andächtig stellte sie die Gläser mit den getrockneten Kräutern zur Seite. Die Hälfte davon war regelrecht tödlich, wenn man sie falsch verwendete. Die Gläser waren fein säuberlich beschriftet: Zur äußerlichen Anwendung.

Sie setzte das Haustier, das Louise auf dem Schoß gehalten hatte, eine wohlgenährte weiße Ratte, in ihren Käfig, gab ihrer Mutter die Kaffeetasse in die Hand und setzte sich neben sie.

»Du bist doch Tierarzt, Thomas. Hast du nicht täglich mit derlei Akten der Barmherzigkeit zu tun?«

Louise nickte vielsagend und hob Karin ihr Likörglas in einem kleinen Toast entgegen.

Thomas erschien spät zum Frühstück.

Es war sein siebter Tag in diesem Haus, und er sah zunehmend übellauniger aus. »Entschuldige, Schwiegermama. Ich habe schlecht geschlafen. Mal wieder«, fügte er hinzu und starrte entmutigt über den Frühstückstisch, auf dem noch weniger stand als an einem gewöhnlichen Werktag bei ihm zu Hause.

»Dann musst du tüchtig essen, Thomas.« Louise glaubte offenbar, dass alle anderen ebenso schlecht hörten wie sie. »Bediene dich vom Schinken. Der ist noch von letztem Jahr Weihnachten übrig. Hat sich im Tiefkühlfach ausgezeichnet gehalten.«

Thomas wandte sich angewidert ab und rieb seine Arme.

»Ich weiß nicht, was das ist, aber es hat mich die ganze Nacht wie verrückt gejuckt.«

Louise beugte sich vor. »Die ganze Schlacht wie verrückt geguckt? Was für ein Unsinn. Es ist doch gar kein Krieg mehr, Thomas.«

»Die ganze Nacht gejuckt.« Man hätte noch in hundert Meter Entfernung von Thomas' Lippen lesen können.

»Was du nicht sagst.« Louise pickte in ihren Brotkrümeln herum und blinzelte ihn an. »Ich hätte nicht gedacht, dass sie nach so vielen Jahren immer noch da sind.«

Thomas witterte Unbehagen und richtete sich auf. »Wie meinst du das?«

Sie legte den Kopf schräg. Ihr dünnes graues Haar in einem strammen Knoten im Nacken, ihre Haut wie faltiges Pergament über dem knochigen Gesicht. Thomas fand, sie sah aus wie ein Raubvogel.

»Als ich noch klein war, lebte in dem Zimmer ein unverheirateter Onkel. Er hat sein ganzes Leben lang dort drin gewohnt. Hat sich geweigert, sich zu waschen und hat so gut wie nie die Kleider gewechselt. Zu allem Überfluss hielt er auch noch einen Hund, so ein langhaariges Biest, das bei ihm im Bett schlief.« Sie faltete ihre Serviette zusammen und spitzte nachdenklich den eingefallenen, runzeligen Mund. »Ich habe wirklich gedacht, es würde reichen, frische Laken aufzuziehen.«

Thomas erhob sich mit zusammengebissenen Zähnen. Er wandte sich an Karin. »Wenn ich zurückkomme, hast du all meine Sachen aus dem verfluchten Zimmer entfernt. Und meine Kleider in die Waschmaschine gesteckt.«

Karin erwiderte steif seinen Blick. »Vergiss deine Schlüssel nicht.«

Thomas nahm seine Windjacke vom Haken im Flur, riss seinen Schlüsselbund an sich und verschwand aus der Tür.

Louise stand langsam und bedächtig auf und schaute aus dem Fenster. »Ach herrjemine. Ohne Frühstück. Hat ihn der Drink, den er vor Tisch genommen hat, ausreichend gesättigt?« Sie betrachtete ihren verbliebenen Schwiegersohn, sein Blick wich ihr aus. »Zehn Grad unter Null und nur mit einem dünnen Hemd und Jacke.« Einen Augenblick schien es beinahe so, als glättete sich ihr runzeliger Mund in einem Lächeln. »Wenn er sich nun verläuft und schlicht und ergreifend erfriert?«

Hermann hörte, wie die Wanduhr zwölf schlug. Mitternacht. Kurz darauf kamen von unten leise Geräusche. Das musste Thomas sein, der schließlich doch nach Hause kam. Eine Weile hatte er überlegt, ob die alte Hexe womöglich recht behalten und Thomas sich verlaufen hatte und erfroren war. Das Haus lag einige Kilometer von der Stadt entfernt, viel zu weit weg, um so dünn bekleidet dorthin zu laufen. Wahrscheinlich hatte ihn jemand mitgenommen.

Er wälzte sich unruhig herum. Schlief ein und wachte wieder auf. Sein Zimmer befand sich gleich neben dem von Thomas, aber etwas weiter von denen der beiden Frauen entfernt. Alle hatten getrennte Zimmer bekommen. Es war unmöglich, auf die Frage warum eine vernünftige Antwort zu erhalten. Louise hörte sie ganz einfach nicht.

Noch immer waren von unten Geräusche zu hören. Ihm wurde innerlich ganz kalt. Ein Einbruch? Wäre es Thomas gewesen, hätte er sich schon längst hingelegt. Schließlich hielt Hermann es nicht länger aus. Die Geräusche, auch wenn sie noch so leise waren, machten ihn ganz verrückt.

Er stand auf, bibberte. In dem eiskalten Zimmer, in dem laut der Schwiegermutter die Zentralheizung nicht funktionierte, war die Temperatur inzwischen unter den Gefrierpunkt gesunken. Zögernd betrat er den Flur und direkt vor seinen Füßen schoss ein Schatten über den Boden. Er fuhr zusammen, schlug die Hand vor den Mund und rief sich zur Ordnung. Schließlich hatten nur Frauen Angst vor Mäusen. Mäuse? Wäre Thomas hier gewesen, hätte er sicher bestätigt, dass es eine Ratte gewesen war. Schlotternd machte er einen Schritt und das Tier jagte in die andere Richtung. Hermann eilte den Gang entlang und die Treppe hinunter. Draußen stand jemand. Es war Thomas, der leichtbekleidet und völlig durchgefroren an der Tür zerrte.

»Heiliger Himmel, Thomas, wie siehst du denn aus? Wo bist du gewesen?«

Thomas bahnte sich einen Weg an ihm vorbei. »Ich habe den Bus ins Zentrum genommen und zum ersten Mal an diesem Weihnachten eine anständige Mahlzeit genossen. Als ich mit dem Taxi wieder nach Hause kam, war die Tür abgeschlossen.«

»Du hast doch einen Schlüssel.«

»Ich *hatte* einen Schlüssel.« Er ließ zähneklappernd den Schlüsselbund vor Hermanns Gesicht hin- und herbaumeln. »Er ist nicht mehr an meinem Bund. Ich stehe schon eine Ewigkeit hier in der Schweinekälte und klopfe und klingle.«

»Du hättest doch anrufen können.«

»Hätte ich das, ja? Mein Handy war ganz plötzlich aus der Jackentasche verschwunden.« Thomas kochte vor Wut. »Ich lege mich aufs Sofa im Wohnzimmer, mich bringen keine zehn Pferde mehr in dieses verdreckte Schlafzimmer.«

»Du kannst in meinem Zimmer schlafen.« Niemand hatte Karin kommen hören. Sie stand oben an der Treppe, die mageren Schultern von einer Wolldecke bedeckt.

Brüsk drehte Thomas sich zu ihr um. »Wie nett, dass du losgefahren bist, um nach mir zu suchen. Ich bin immerhin seit dem Frühstück nicht zu Hause gewesen.« Am Tisch im Entree blieb er stehen. »Wer hat das Handy aus meiner Jacke genommen und es hierher gelegt?« Er starrte das Telefon an, aber keiner antwortete.

»Hör mal, wir dachten alle ...« Hermann breitete die Arme aus.

»Wir dachten alle, du würdest besser auf deine Schlüssel und dein Handy achtgeben«, warf Karin spitz ein.

»Vielleicht war ja irgendjemand an meinen Taschen und hat darin herumgewühlt?« Thomas wandte sich an Hermann. »Dir könnte es doch nur recht sein, wenn ich tatsächlich da draußen erfriere, damit du deine weiteren Projekte mit niemand anderem als dir selbst zu diskutieren brauchst?« Die Tür knallte hinter ihm zu und gleich darauf hörte man das Sofa im Wohnzimmer knarzen.

Hermann blieb noch kurz im Flur stehen, Karins Gestalt war ebenso lautlos verschwunden, wie sie aufgetaucht war.

Es musste der Wind gewesen sein. Äste, die gegen die Hauswand schlugen.

Hermann Eckel wand sich unbehaglich auf der harten Matratze und lauschte auf das Wummern, das ihn erneut aus dem dringend benötigten Schlaf gerissen hatte. Es war halb zwei. Das Mondlicht fiel durch die hauchdünnen Gardinen vor dem Fenster. Kein Luftzug. Die Äste, die er vom Bett aus sehen konnte, bewegten sich nicht. Trotzdem wummerte es weiter.

Er setzte sich mühsam auf und fluchte leise, ganz benebelt von zu wenig Schlaf und zu viel Cognac. Kam das Geräusch von oben? Es donnerte noch immer, als würde etwas gegen Holz geschlagen. Das Geräusch war unmittelbar über seinem Kopf, hielt ihn unerbittlich wach. Außerdem hatte die Dame des Hauses ihn auf einer Eisenpritsche einquartiert. Und der Hunger hatte sich auch wieder gemeldet und das Einschlafen noch erschwert. Seit er hier angekommen war, hatte er Hunger. Hunger! Ein einzigartiger Zustand in Anbetracht der Tatsache, dass Weihnachten war.

Er gab es auf, schlafen zu wollen. Stand zum zweiten Mal in dieser Nacht auf, zog sich den Morgenmantel über und verließ das Zimmer. Das Haus war alt und eiskalt. Die Tapeten waren dunkel vor Alter und die Treppenstufen ausgetreten. Natürlich funktionierte die Deckenbeleuchtung nicht. Man brauchte schon einen steifen Drink, um sich nach unten zum Kühlschrank zu begeben. Aber er musste! Etwas zu Essen im Bauch würde ihm Schlaf bringen. Der Mondschein verlieh der

Küche einen kränklichen, silberblauen Schimmer. Er ließ die Tür zum Entree halb offen stehen, erstarrte plötzlich, als von oben wieder das Wummern zu hören war. Näher diesmal. Er tastete vergeblich nach dem Lichtschalter, ging rückwärts aus der Küche und schlich auf steifen Beinen die Treppe hinauf.

Gerade konnte er die Tür zu seinem Zimmer ausmachen, als dort eine Gestalt herauskam und direkt auf ihn zuschritt, in etwas bodenlanges Schwarzes gekleidet. Ihm wurde schwindelig, die Treppe schwankte und er konnte die raschen Bewegungen und das abgemagerte Gesicht, das weiß in der Dunkelheit leuchtete, nur erahnen.

Ein Gespenst! Er verlor den Halt. Der Schmerz in der Brust nahm ihm den Atem und schickte ihn kopfüber abwärts.

Hermann Eckels schwerer, korpulenter Körper landete mit einem Bums am Fuß der Treppe und blieb liegen, unbeweglich.

Thomas Moe stand zitternd über seinen Schwager gebeugt, nachdem er einige vergebliche Versuche unternommen hatte, ihn wiederzubeleben. Der Krach, als er die Treppe hinuntergefallen war, hätte Tote aufgeweckt, nicht aber Karin, die sich wohl, nachdem sie in dieser Nacht schon einmal wachgemacht worden war, ihren »Abendcocktail« genehmigt hatte, eine heilige Mischung aus Louises hausgemachten Tinkturen. Hermann war tot, und Thomas hatte nicht die leiseste Ahnung, warum er gestürzt war. Etwas an seinem verzerrten Gesichtsausdruck und die aufgerissenen, erschreckten Augen verwirrten ihn und machten ihm Angst.

Die Polizei musste verständigt werden, ein Arzt ebenfalls. Es würde ein schrecklicher Aufruhr werden. Er würde eine Aussage machen müssen. Mit unsicheren Schritten ging Thomas in die Küche, entdeckte mitten auf der Anrichte eine halbvolle Flasche Cognac. Feinste Sorte, ein XO. Er brauchte jetzt ein großes Glas davon. Mindestens.

In drei großen Schlucken leerte er das Glas. Es war Alkohol, aber keinesfalls Cognac. Es schmeckte bitter und die Wirkung setzte beinahe augenblicklich ein. Er hielt sich mit der einen Hand an der Anrichte fest, mit der anderen griff er sich an die Kehle. Am ganzen Körper brach ihm kalter Schweiß aus. Seine Kraft schwand, er konnte nicht mehr scharf sehen. Als er nach der Flasche langte, warf er sie um. Versuchte den Blick zu fokussieren und sah den kleinen Zettel, der in einer Ecke des Etiketts klebte. Zur äußeren Anwendung.

Thomas sank vor der Anrichte zusammen. Von der Treppe waren langsame, leichte Schritte zu hören. Mühsam drehte er sich um. Eine dunkle Silhouette stand in der Türöffnung, aber der Raum bewegte sich, und das Bild zerfloss.

»Ist da jemand ... Hilfe!« Seine Zunge gehorchte ihm kaum.

Der Nebel vor seinen Augen lichtete sich einen kurzen Moment und er sah sie. »Vergib mir ... Gnade ... ich weiß, ich habe ...«

Sie kam auf ihn zu, mit unbeschwertem Schritt und ohne Stock. »Was meinst du, lieber Schwiegersohn? Ist das eine gute Art zu sterben?« Es klang wie ein schwaches Zischen. »Oder hättest du eine andere Methode bevorzugt?«

Da die Polizistin nicht sicher war, wie viel die alte Dame verstand, und weil sie befürchtete, sie noch weiter zu erschüttern, sprach sie am nächsten Morgen so behutsam sie konnte mit ihr.

»Liebe Frau Gran, es ist so schrecklich, was passiert ist.«

Louise Gran stützte sich schwer auf ihren Stock. »Wie bitte? Was sagen Sie, Schätzchen? Ich höre nicht so gut.«

Die beiden Polizeibeamten sahen sich an.

»Sie ist stocktaub. Und ziemlich verwirrt, glaube ich.«

Louise wurde zu einem Stuhl geleitet.

»Setzen Sie sich hierher, Frau Gran. Wollen Sie, dass der Doktor heute Nachmittag mal nach Ihnen sieht?« Die Stimme des Polizisten hätte Tote aufwecken können.

Louise wackelte mit dem Kopf und lächelte dämlich. »Keineswegs. Heute Nachmittag kommt niemand. Wir laden am Silvestertag keine Gäste ein. Nur die engste Familie kommt zum Abendessen. Meine Tochter kümmert sich um diese Sachen.«

Der Beamte tätschelte ihre Hand. »Genau, Frau Gran.« Er ging zu Karin hinüber, die sich die Augen trocknete.

»Dass er Mutters Hühneraugentinktur getrunken hat, nur weil sie in einer Cognacflasche war! Das ist unglaublich.«

»Wir verstehen das. Er war wohl außer sich, weil er seinen Schwager tot aufgefunden hat.« Der Beamte schaute die Treppe hinauf. »Ohne Licht ist die lebensgefährlich. Vor allem wenn man ein bisschen … unsicher ist.«

Karin schluckte. »Das müssen wir in Ordnung bringen.«

Der Beamte sah sie mitfühlend an. »Kommen Sie allein zurecht?«

Sie nickte. »Das Leben muss weitergehen. Ich muss mich ja um Mutter kümmern.«

Die beiden Frauen standen am Fenster und sahen dem Polizeiauto und dem Rettungswagen nach.

»Das ist das brauchbarste Gebräu, das ich je gemacht habe. Entfernt alles vom Hühnerauge bis zu alter Farbe.« Louise kniff die Lippen zusammen. »So ein Tölpel. Es stand doch sogar auf der Flasche. Fingerhut, Wasserschierling, grüner Fliegenpilz.«

»Sehr klein geschrieben, Mutter.«

Louise Grans Augen glitzerten in der Dunkelheit und ihr Mund schien gänzlich glatt zu werden. »Heute ist Silvester, meine liebe Tochter. Uns erwartet ein fabelhaftes Lendenfilet und guter Rotwein.«

Nachwort

Das Morden geht weiter

Als wir 1995 das Buch ›Mord am Fjord – Skandinavische Crime Ladies‹ zusammenstellten, war oft die Rede vom skandinavischen Krimi-Boom. Im Nachhinein wirkt das seltsam und maßlos übertrieben. Gut, Henning Mankells Kriminalromane waren Bestseller, auf Deutsch erschien in jenem Jahr der erste Titel von Anne Holt, aber noch gab es kein einziges Buch von Håkan Nesser in deutscher Übersetzung, von Liza Marklund und Jussi Adler-Olsen ganz zu schweigen. Im Vergleich zu den Mengen von Krimis aus den skandinavischen Ländern, die derzeit auf den Markt kommen, war also wenig los. Ein guter Grund zweifellos, nach all den Jahren zurückzublicken und eine behutsame Bilanz zu ziehen.

Schon damals hatten wir den Anspruch, möglichst alle skandinavischen Länder in unserer Anthologie zu repräsentieren. Norwegen und Schweden – kein Problem. Bei Dänemark wurde es schon schwieriger: Es gab Leif Davidsen, aber der hatte seinen internationalen Durchbruch noch vor sich, und nach Autorinnen mussten wir lange suchen. In Finnland war es ähnlich. Zwei der bekanntesten finnischen Krimischriftstellerinnen, Outi Pakkanen und Sirpa Tabet, waren bereits damals bekannte Größen in ihrem Heimatland. Kurzgeschichten von ihnen ließen sich aber nicht auftreiben. Kurz vor Erscheinen von ›Mord am

Fjord‹ debütierte Leena Lehtolainen mit einem Kriminalroman um Maria Kallio und schuf so die erste finnische Kommissarin. Im Kielwasser ihrer Erfolgsserie fanden in Suomi längst etablierte männliche Kollegen dieses Genres wie Matti Yrjäna Joensuu und Reijo Mäki auch auf dem deutschen Markt große Beachtung. Eine Ausnahme ist der im Jahr 2000 verstorbene Arto Paasilinna, der Gewaltverbrechen eine humorvolle Seite abgewinnen konnte.

1995 war das Jahr, in dem die isländische Tageszeitung ›Morgunblaðið‹ in einem inzwischen oft zitierten Artikel behauptete, isländische Krimis könne es nicht geben, die übersichtliche gesellschaftliche Struktur lasse das nicht zu. Grund dieses strengen Urteils war der erste Krimi von den Färöern, ›Sanft ist die färöische Sommernacht‹ von Jogvan Isaksen, laut ›Morgunblaðið‹ ein unsinniges Unterfangen, ähneln sich doch die Zustände in beiden Ländern gar zu sehr. Und auf unsere Anfrage in Island, die sogar vom dortigen Schriftstellerverband veröffentlicht wurde (so exotisch erschien sie wohl), bekamen wir Geschichten en masse: Horrorgeschichten, Geistergeschichten, Liebesgeschichten ... nur keine Kriminalgeschichten.

Was der Artikelverfasser von ›Morgunblaðið‹ gedacht haben mag, als wenige Jahre darauf Arnaldur Indriðason mit seinen Krimis zu Welterfolg gelangte und damit eine isländische Krimiwelle lostrat, deren Ende kaum abzusehen ist, entzieht sich unserer Kenntnis. Was das vorliegende Buch anbelangt, hat die Welle jedoch nicht viel geholfen, denn nachdem sie losgelegt hatten, fingen die AutorInnen aus Island sogleich an, in epischer Breite zu erzählen. Kriminalgeschichten kann man mit der Lupe suchen, eine für diesen Band versprochene wurde nicht rechtzeitig fertig. Daher ist leider keine isländische Autorin in ›Mord unterm Nordlicht‹ vertreten.

Auf den Färöern dagegen keimen zarte Pflänzchen, auch wenn der Eindruck vorherrscht, dass sich außer besagtem Jogvan kaum jemand traut, das Kind beim Namen zu nennen. Aber, hurra, stolz können wir hier die wunderschöne Geschichte von Sólrún Michelsen vorstellen!

In Dänemark ging es im neuen Jahrtausend dann ebenfalls richtig los, nennen wir nur Jussi Adler-Olsen, und, für unser Buch interessanter, eine ganze Reihe von erfolgreichen Autorinnen wie Ditte Birkemose und Anna Grue.

Schweden ist weiterhin reich an Krimibestsellern, vor allem wimmelt es dort von Crime Queens – Liza Marklund, Åsa Larsson, Mari Jungstedt, Camilla Läckberg, um nur einige zu nennen, von denen allerdings etliche nie oder nur ganz selten Erzählungen schreiben – und jedes Jahr kommen neue hinzu.

In Finnland sorgen neben Anja Snellman, Johanna Sinisalo und den Neulingen Ghita Gothoni und Auli Mantila inzwischen auch finnlandschwedische Krimidamen wie Monika Fagerholm, Marita Gleisner und Marianne Peltomaa für blutigen Nervenkitzel. Doch die Männer dominieren auch hier: Pentti Kirstilä, Harri Nykänen, unter den jüngeren Taavi Soininvaara, Risto Isomäki, Marko Leino, Ilkka Remes, Tapani Bagge und Marko Hautala.

In Norwegen wächst der Krimimarkt ebenfalls unaufhaltsam, so sehr, dass bereits ernsthaft diskutiert wird, die weltweit einzigartige norwegische Literaturförderung grundlegend zu ändern. Seit fast fünfzig Jahren kauft der Staat von jeder belletristischen Neuerscheinung tausend Exemplare und verteilt sie an Bibliotheken, was den Verlagen Planungssicherheit verschafft und den AutorInnen ein gesichertes Mindesteinkommen. Nur: In dem entsprechenden Gesetz ist festgelegt, dass diese Maßnahme ausschließlich der »Qualitätsliteratur« zugutekommen soll, damit experimentelle Literatur, Lyrik, junge Talente eine Chance haben und auch in die Bibliotheken gelangen. Für Unterhaltungsliteratur war die Förderung nicht gedacht; solange zwei oder drei Krimis pro Jahr mit durchrutschten, störte das niemanden, aber dass inzwischen über die Hälfte der so geförderten Titel Kriminalromane sind, war zweifellos nie Sinn der Sache.

In Norwegen fällt auf, dass – anders als in Schweden – die neuen Stars der Krimiszene fast allesamt Männer sind. Viele Jahre lang gab es hier vier die Szene beherrschende Krimiautorinnen: Anne Holt, Karin Fossum, Unni Lindell und Kim Småge. In den ersten Rang der norwegischen Krimiautorinnen aufgestiegen ist, seit wir ›Mord am Fjord‹ publiziert haben, nur eine: Jorun Thørring. Erklären konnte dieses Phänomen bisher niemand. Die norwegischen Verlage beteuern, händeringend nach Krimiautorinnen zu suchen, aber kaum Manuskripte von Frauen angeboten zu bekommen, während die Männer ihnen die Bude einrennen – und verlegt werden, denn überall hoffen die Verlage auf den nächsten Stieg Larsson. Da nimmt man es nicht immer so genau, wenn der Plot nicht konsequent ausgeführt ist und die Handlung von Pappfiguren getragen wird.

Wenn Norwegen dennoch in der jetzt vorliegenden Auswahl dominiert, dann liegt das an einer Besonderheit der norwegischen Zeitschriftenkultur. Zeitungen und Zeitschriften veröffentlichen zu Ostern und Weihnachten immer mindestens eine Kriminalgeschichte, und die Buchverlage bringen regelmäßig Sammelbände mit diesen Erzählungen heraus.

Viele der Autorinnen, die in ›Mord am Fjord‹ dabei waren, sind in diesem Band nicht mehr vertreten. Manche sind verstorben, wie Ebba Haslund, die große alte Dame der norwegischen Literatur, die kurz vor ihrem Tod 2009 mit neunzig Jahren ihren letzten Roman veröffentlichte – keinen Krimi, sondern einen Roman über die erotischen Wirrungen alter Leute, die durchaus nicht nur im Altersheim herumsitzen und hoffen, dass die Enkel mal wieder zu Besuch kommen ... Auch die Däninnen Inger Christensen, Dea Trier Mørch und Kirsten Holst leben nicht mehr, ebenso sind Unni Nielsen und Edith Ranum aus Norwegen verstorben.

Einige schreiben offenbar nicht mehr oder sind nicht aufzufinden, wie Vigdis Stokkelien aus Norwegen und Maj-Britt Söderberg aus Schweden. Pirkko Arhippa, die Grande Dame des finnischen Krimis, produziert weiterhin regelmäßig, jedoch fand sich keine Kurzgeschichte in geeigneter Länge. Anna Heinämaa hat seit 2001 kein Buch mehr publiziert.

Umso schöner ist also das Wiedersehen mit einigen unserer Freundinnen von damals, und von allen ist Interessantes zu berichten.

Toril Brekke gelangte seither mit historischen Romanen (die alle auch in deutscher Übersetzung vorliegen) zu internationalem Erfolg.

Marit Nerem verlegte sich aufs Dichten – ihre humoristischen Gedichtbände über ihren feministischen Alltag erreichten in Norwegen mehrere Auflagen –, Kriminalgeschichten schreibt sie aber weiterhin.

Kim Småge, Norwegens erste »moderne« Krimiautorin, in deren Büchern die Heldin älter wird und aus früheren Fehlern lernt oder auch nicht, musste aus Gesundheitsgründen mehrere Jahre aussetzen, arbeitet derzeit aber an einem neuen Roman und hat für alle Fälle immer einen Fundus von Geschichten in der Hinterhand, von denen Sammlungen wie diese profitieren können.

Anne B. Ragde, die in ›Mord am Fjord‹ zum ersten Mal überhaupt übersetzt wurde, ist inzwischen zur erfolgreichsten skandinavischen Autorin avanciert, ihre Romantrilogie über die Schweinezüchterfamilie Neshov wurde bisher in über dreißig Sprachen übersetzt.

Unni Lindell schließlich, die zu ›Mord am Fjord‹-Zeiten Kinderbücher und einen Band mit Kriminalerzählungen veröffentlicht hatte, ist inzwischen die unangefochtene Krimikönigin Norwegens, ihre Romane um den eigentlich reichlich nervigen Kommissar Cato Isaksen brechen dort und in den nordischen Nachbarländern alle Verkaufsrekorde.

Dass ein Riesenerfolg in einem skandinavischen Land also nicht unbedingt dazu führen muss, dass eine Autorin oder ein Autor auch in Deutschland die Bestsellerlisten stürmt, ist ein interessantes Phänomen. Warum das so ist, können wir nicht erklären. Auch erscheinen in den skandinavischen Ländern sehr viel mehr Krimis als das, was auf dem deutschen Markt ankommt. Håkan Nessers spitze Bemerkung, dass es in Deutschland mehr schwedische Krimis gebe, als in Schweden jemals erschienen sind, lässt sich also nicht auf ganz Skandinavien verallgemeinern.

Um so schöner ist also eine Anthologie wie ›Mord

unterm Nordlicht‹, die die Möglichkeit bietet, Autorinnen vorzustellen, die in Deutschland kaum oder gar nicht übersetzt wurden, die aber Verkaufserfolge hierzulande absolut verdient hätten. Vielleicht ist ja dieses Mal auch die eine oder andere zukünftige Bestsellerautorin dabei – was dann so in fünfzehn Jahren zu überprüfen wäre.

Gabriele Haefs, Christel Hildebrandt,
Dagmar Mißfeldt

Autorinnen/Quellenverzeichnis

TORIL BREKKE, geb. 1949 in Oslo, war von 1986 bis 1991 Vorsitzende des Norwegischen Schriftstellerverbandes und des Norwegischen PEN. Sie schreibt Romane, Erzählungen, Jugendbücher und Sachbücher. Internationalen Erfolg errang sie mit ihren historischen Romanen, die alle in deutscher Übersetzung vorliegen, zuletzt erschien ihr Auswandererroman ›Für immer deine Agnes‹ (2012).

Die Erzählung ›Familienbande‹ (›Ordførerens bror‹) erscheint hier in der Übersetzung von Gabriele Haefs und mit freundlicher Genehmigung der Autorin.

DITTE BIRKEMOSE, geb. 1953 in Kopenhagen, schreibt vor allem Kurzgeschichten und Fernsehspiele. Zeitweise benutzt sie auch das Pseudonym Emma Høgh. Ihre Romanserie um die ungewöhnliche Privatdetektivin Kit Sorél, die eigentlich Theologin ist, liegt auch in deutscher Übersetzung vor, zuletzt erschien ›Verschleiert‹ (2012).

Die Erzählung ›Überbringerin der Wahrheit‹ (›Sandhedens sendebud‹) erscheint hier in der Übersetzung von Dagmar Mißfeldt und mit freundlicher Genehmigung der Autorin.

ANNA GRUE, geb. 1957 in Nykøbing. Nach ihrem Studium des Kunsthandwerks hat sie lange Zeit als Layouterin und Texterin gearbeitet, zunächst im Werbebüro, später bei verschiedenen Zeitungen, zuletzt als Chefredakteurin. 2005 erschien ihr Debüt, der Roman ›Noget for noget‹, seit 2007 lebt sie als freie Schriftstellerin. Einige ihrer Bücher sind ins Französische übersetzt. Mehrere ihrer Kriminalromane werden in den kommenden Jahren auf Deutsch erscheinen.

Die Erzählung ›Mutter geht es nicht so gut‹ (›Mor har det ikke sø godt‹) erscheint hier in der Übersetzung von Anke Strunz und der freundlichen Genehmigung der Agentur Licht & Burr, Kopenhagen.

GURI BØRREHAUG HAGEN, geb. 1947 in Oslo, kommt aus der Werbebranche und schreibt Jugendbücher und Kurzgeschichten. In deutscher Übersetzung ist sie in vielen Anthologien vertreten, während ihre Jugendromane noch entdeckt werden müssen.

Die Erzählung ›Kleiner Sonnenschein‹ (›Solkinnsbarnet‹) erscheint hier in der Übersetzung von Dagmar Lendt und mit freundlicher Genehmigung der Autorin.

GRETELISE HOLM, geb. 1946 in Tondern, ist ausgebildete Journalistin und Autorin von Fach- und Lehrbüchern, Kinder- und Jugendbüchern sowie zahlreicher Krimis. Sie hat einige Jahre an der Hochschule für Journalistik unterrichtet und fünf Jahre in Zimbabwe gelebt, wo ihr Mann als Arzt tätig war. Hier entstand 1998 auch der Roman ›Mercedes-Benz syndromet‹, für den sie 2000 den Debütanten-Preis der dänischen Kriminalakademie bekam. Im selben Jahr begann sie mit der Reihe um die Journalistin Karin Sommer, die auch ins Deutsche übersetzt wird. Zuletzt erschien ›In tiefem Schlaf‹, 2007.

Die Erzählung ›Liebe.com‹ (›Kærlighed.com‹) erscheint hier in der Übersetzung von Hanne Hammer und mit freundlicher Genehmigung der Autorin.

Leena Lehtolainen, geb. 1964 in Vesanto, lebt bei Helsinki. Sie ist Kritikerin und Autorin von Jugendbüchern, Kurzgeschichten und Fortsetzungsromanen. Seit 1993 erscheinen die Kriminalromane mit der Anwältin und Kommissarin Maria Kallio, der ersten Kommissarin in Finnlands Krimi-Literatur. Fürs finnische Fernsehen wurden ihre Kallio-Bücher verfilmt. Auf Deutsch liegt über ein Dutzend der Werke von Leena Lehtolainen vor. Zuletzt erschien ›Die Leibwächterin‹, 2012.

Die Erzählung ›Frauensache‹ (›Naisten asiaa‹) erscheint hier in der Übersetzung von Gabriele Schrey-Vasara und mit freundlicher Genehmigung der Autorin.

Unni Lindell, geb. 1957 in Oslo, begann als Kinderbuchautorin, schrieb dann Kriminalerzählungen und schließlich Kriminalromane, inzwischen ist sie Norwegens erfolgreichste Krimiautorin überhaupt. Ihre Romane um den ewig übellaunigen Kommissar Cato Isaksen liegen auch in deutscher Übersetzung vor, zuletzt erschien ›Der Eismann‹, 2010.

Die Erzählung ›Wie ein Blitz aus heiterem Himmel‹ (›Som lyn fra blå himmel‹) erscheint hier in der Übersetzung von Andreas Brunstermann und mit freundlicher Genehmigung der Autorin.

Solrún Michelsen, geb. 1948 in Torshavn, hat viele Jahre bei Privatunternehmen gearbeitet. Erst mit 45 Jahren fing sie an zu schreiben. Seitdem sind 5 Kinder- und

Jugendbücher von ihr erschienen, ein Roman für Erwachsene, eine Gedichtsammlung und ein Novellenband, aus dem auch die hier abgedruckte Geschichte ›Der blaue Engel‹ (›Hin blái eingilin‹) stammt, erstmals ins Deutsche übersetzt von Christel Hildebrandt, Nina Mazick und Ludwig Glow. Abdruck mit freundlicher Genehmigung der Autorin.

Marit Nerem, geb. 1938 in Oslo, schrieb Kinderbücher und Erzählungen, wechselte dann ins Lyrikfach und veröffentlichte mehrere Bände mit feministisch geprägten, ironischen Gedichten über den Alltag von Frauen, die in Norwegen zu Bestsellern wurden. Daneben schreibt sie weiterhin Kriminalgeschichten. Auf Deutsch liegen einige ihrer Erzählungen in Anthologien vor.

Die Geschichte ›Der Schlüssel zur Lösung‹ (›Levende och død‹) erscheint hier in der Übersetzung von Christel Hildebrandt und mit freundlicher Genehmigung der Autorin.

Marianne Peltomaa, geb. 1951 in Helsinki, ist Verlagslektorin und debütierte als Schriftstellerin 1990 mit einem Gedichtband. Es folgten eine Reihe Romane und Krimis. Einige ihrer Werke wurden ausgezeichnet, andere waren für namhafte Literaturpreise nominiert. 2011 wurde ihr Thriller ›Inget ljus i tunneln‹ fürs Fernsehen verfilmt.

Die Erzählung ›Schritte auf dem Kies‹ (›Steg på gruset‹) erscheint hier in der Übersetzung von Dagmar Mißfeldt und mit freundlicher Genehmigung der Autorin.

Anne B. Ragde, geb. 1957 in Hardanger, begann ihre Karriere als Schriftstellerin mit einem Kinderbuch, weitere Kinder- und Jugendbücher folgten, dann Kriminalgeschichten für eine Vielzahl von Zeitschriften. Seit 1994 veröffentlicht sie Romane, die manchmal kriminelle Elemente enthalten, aber keine eigentlichen Krimis sind. Zu Welterfolg gelangte sie mit der Trilogie über die Schweinezüchterfamilie Neshov, die inzwischen in über 30 Sprachen übersetzt wurde. Für diese Trilogie wurde sie mit dem norwegischen Riksmålspris ausgezeichnet, einem angesehenen Sprachpreis, der für die souveräne Missachtung aller Rechtschreibreformen der letzten Jahrzehnte vergeben wird. Alle ihre Romane liegen in deutscher Übersetzung vor, zuletzt erschien ›Ich werde dich so glücklich machen‹ (2012).

Die Erzählung ›Eine naheliegende Lösung‹ (›En nærliggende løsning‹) erscheint hier in der Übersetzung von Gabriele Haefs und mit freundlicher Genehmigung der Autorin.

KJERSTI SCHEEN, geb. 1948 in Oslo, ist als Illustratorin und Graphikerin tätig, schreibt Kinderbücher, Erzählungen und Kriminalromane. Ihre Romane mit der verkrachten Schauspielerin Margaret Moss wurden ins Deutsche übersetzt, zuletzt erschien ›Die siebte Sünde‹, 2003.

Die Erzählung ›Hundstage‹ (›Død over hundedagene‹) erscheint hier in der Übersetzung von Marie-Theres Fojuth und mit freundlicher Genehmigung der Autorin.

JOHANNA SINISALO, geb. 1958 in Lappland, ist Schriftstellerin, war schon vor ihrem literarischen Debüt in den 1980er-Jahren als Autorin von Science-Fiction- und Fantasy-Geschichten sowie Fernsehdrehbüchern bekannt. Ihr Roman ›Troll. Eine Liebesgeschichte‹ wurde 2000 mit dem Finlandia-Preis ausgezeichnet und erschien 2005 auf Deutsch, gefolgt von ›Glasauge‹ (2007).

Die Erzählung ›Hello Kitty‹ (›Hello Kitty‹) erscheint hier in der Übersetzung von Angela Plöger und mit freundlicher Genehmigung der Autorin.

MAJ SJÖWALL, geb. 1935 in Stockholm, ist Autorin, Journalistin und Übersetzerin. Mit ihrem Mann Per Wahlöö (1926–1975) gilt sie als Begründerin des später so erfolgreichen Schweden-Krimis. Gemeinsam schrieb sie mit ihm bis zu seinem Tod zehn Kriminalromane um den Helden Kommissar Martin Beck, die erfolgreich fürs Fernsehen verfilmt und erweitert wurden. Außerdem verfasste sie den Krimi ›Eine Frau wie Greta Garbo‹ (1990) in Zusammenarbeit mit dem Niederländer Tomas Ross.

Die Erzählung ›Das Mädchen, das nicht dünn sein wollte‹ erscheint hier in der Übersetzung von Kirsti Dubeck und mit freundlicher Genehmigung der KBV Verlags- und Medien-GmbH, Hillesheim.

KIM SMÅGE, geb. 1945 in Trondheim, war Norwegens erste »moderne« Krimiautorin, die gesellschaftliche Probleme einbezog und ihre Heldinnen älter werden ließ. Bereits ihr erster Roman, erschienen 1984, auf Deutsch: ›Nachttauchen‹, war ein großer Erfolg. Sie war zudem Norwegens erste staatlich geprüfte Tauchlehrerin, und viele ihrer Romane spielen dicht am und auf dem Meer. Ihre Geschichten finden sich auch in vielen deutschen Anthologien, zuletzt erschien der Roman ›Das Zweitgesicht‹, 2007.

Die Erzählung ›Reinlichkeit ist eine Zier‹ erscheint hier in der Übersetzung von Gabriele Haefs und mit freundlicher Genehmigung der Autorin.

Birgitta Stenberg, geb. 1932 in Stockholm, war zunächst Dolmetscherin u. a. in der Pressestelle des schwedischen Außenministeriums. Ihr Debüt als Autorin hatte sie 1956. Seitdem veröffentlichte sie eine Reihe autobiografisch inspirierter Romane sowie Lyrik, Bücher für Kinder und Jugendliche. Ihr Werk umfasst bisher gut fünfundzwanzig Titel. Bisher liegen auf Deutsch ein Roman, zwei Kinderbücher und Kurzgeschichten in verschiedenen Anthologien vor.

Der Text ›Ich will dir nichts Böses‹ (›Jag vill dig inte illa‹) erscheint hier in der Übersetzung von Sanna Klempow und mit freundlicher Genehmigung des Förlag X story, Stockholm.

Jorun Thørring, geb. 1955 in Tromsø, ist Ärztin und arbeitet weiterhin in ihrem Beruf, ihre Kriminalromane schreibt sie sozusagen nebenbei. Jorun Thørring lebt in Nordnorwegen und lässt, einzig unter ihren Kolleginnen, einen Kommissar ermitteln, der der samischen Minderheit angehört. Auf Deutsch erschien zuletzt ihr Roman ›Im Auge des Feuers‹ (2012; dtv 21395).

Hier tritt sie erstmals als Autorin einer Kurzgeschichte an die Öffentlichkeit. Die Erzählung ›Schwiegermutters Traum‹ (›Svigermors drøm‹) wurde übersetzt von Anne Bubenzer. Abdruck mit freundlicher Genehmigung der Autorin.

Helena von Zweigbergk, geb. 1959 in Stockholm, arbeitet als Journalistin und Autorin u. a. fürs Fernsehen, debütierte 1994 zusammen mit Cecilia Bodström mit einem Reportage-Buch über Prostitution, schreibt Kinderbücher, Familienromane und seit 2001 Krimis um die Gefängnis-Seelsorgerin Ingrid Carlberg, von denen zwei auf Deutsch vorliegen. Zuletzt erschien ›Im Schatten der Sünde‹ (2007).

Die Erzählung ›Mama tot‹ (›Mor död‹) erscheint hier in der Übersetzung von Dagmar Lendt und mit freundlicher Genehmigung der Autorin.

Jorun Thørring im dtv

Atemberaubende Spannung vom
»Shootingstar der norwegischen Krimiszene«

Schattenhände
Kriminalroman
Ein Fall für Orla Os
Übersetzt von Sigrid Engeler
ISBN 978-3-423-21271-7

Gerichtsmedizinerin Orla Os ermittelt in bizarren Mordfällen in Paris. Der Mörder arbeitet nicht nur mit außerordentlicher Präzision – er scheint auch über jeden Ermittlungsschritt bestens informiert zu sein.

Kein Zeichen von Gewalt
Kriminalroman
Ein Fall für Orla Os
Übersetzt von Sigrid Engeler
ISBN 978-3-423-21166-6

Eine steinreiche Pariser Familie, hinter deren funkelnder Fassade der Niedergang lauert – ein schwieriger Fall für Orla Os.

Glaspuppen
Kriminalroman
Ein Fall für Aslak Eira
Übersetzt von Sigrid Engeler
ISBN 978-3-423-21285-4

Er ist ein Zeichendeuter. Er ist raffiniert. Und er hat es auf attraktive Studentinnen abgesehen. Aslak Eira, samischer Kriminalkommissar und alleinerziehender Vater, ermittelt in seinem ersten Fall in Tromsø.

Im Auge des Feuers
Kriminalroman
Ein Fall für Aslak Eira
Übersetzt von Sylvia Kall
ISBN 978-3-423-21395-0

Ein Mann, der zweimal stirbt. Ein Feuer, das lange Schatten wirft. Ein packendes Verwirrspiel um einen Familienzwist, Eifersucht und Geld.

Bitte besuchen Sie uns im Internet: www.dtv.de

Jussi Adler-Olsen im dtv

»Wenn Sie einen internationalen Politthriller vom Kaliber eines Tom Clancy, John Grisham oder Philip Roth suchen, lesen Sie ›Das Washington Dekret‹.«
Sentura

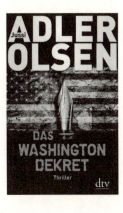

Jussi Adler-Olsen

Das Washington Dekret

Thriller
Übersetzt von Hannes Thiess
und Marieke Heimburger

ISBN 978-3-423-28005-1

DIE ATEMBERAUBENDE VISION VOM ZERFALL DER AMERIKANISCHEN GESELLSCHAFT

Ein kaltblütiger Mord an der Ehefrau des neu gewählten amerikanischen Präsidenten versetzt Amerika in den Ausnahmezustand. Die Antwort des Präsidenten: Das »Washington Dekret«. Ein Erlass, der die Gesellschaft in ihren Grundfesten erschüttert. Eine Frau auf den Spuren eines Komplotts wird zur meistgesuchten Frau Amerikas ...

»Eine zutiefst beunruhigende, weil glaubwürdige Story.«
Berlingske Tidende

»Dieser Bestseller erfüllt alle Ansprüche an Speed und Action.«
Weekendavisen

Bitte besuchen Sie uns im Internet: www.dtv.de